W0281367

Reinhard Krott · Wintertanz

REINHARD KROTT

Wintertanz

ERZÄHLUNG

lucy körner verlag

1. Auflage September 1986
2. Auflage Oktober 1986
3. Auflage Dezember 1986
4. Auflage Juni 1987
5. Auflage Januar 1988

© 1986 lucy körner verreg
Postfach 1106, 7012 Fellbach.

Alle Rechte vorbehalten.

Titelillustration: Anthea Fritsch.
Herstellung: J. F. Steinkopf Druck+Buch GmbH, Stuttgart.

ISBN 3-922028-14-4

Wintertanz – eine Liebesgeschichte in neun Szenen

Vorstellung:

Um sie dreht sich diese Welt – die Frau

Sie lacht selten.

So selten wie der Winter tanzt.

Und ich, ich habe Schwierigkeiten, eine Welt zu bauen, die zu ihr paßt, in die sie paßt. Alle Ansätze mußte ich bisher verwerfen.

Ich scheine alles an Sprache, dies wenige, was ich an Wörtern weiß, zu vergessen, sobald sie auf unendlich leerem Papier erscheint. Ich ahne, ich fühle, was sie denkt – als streife mich ihr Atem noch. Doch aus der Ahnung entstehen weder Licht noch Schatten.

Ich kann dem Himmel nicht befehlen, wann er zu weinen hat. Ich kann ihr keinen anderen Menschen gegenüberstellen. Ihre Farben, ihre Strahlung, ihre Faszination – all das kam aus der Nacht.

Noch in der Erinnerung steht sie, gehüllt in eine schwarze Aura, die Gewitter ahnen läßt – gleich dem bleigrauen Dezemberhimmel, der den Schnee in seinen Wolken nur schlecht verbirgt –, und breitet schützend einen Nebelschleier vor ihr Ich. Der Blick trifft auf eine Welt, die nur ihr gehört. Er durchbohrt dich und mich ohne wahrzunehmen. Die dunkel strahlenden Pupillen, die magisch anziehen, scheinen immer eine Maske zu tragen.

Nur manchmal, zwischen zwei Gewittern, badet die Sonne sekundenlang ein Tal im Licht, in schwarzen Augen beginnt aus tiefsten Tiefen ein Funkeln aufzusteigen, zart erst, doch sich stetig der Oberfläche nähernd, verscheucht es behutsam den Schleier der Trauer. Dann darf man mit ansehen, wie ein Brunnen überläuft und freudig sein Wasser vergeudet. Ein

Lächeln öffnet ihre Lippen, glättet die Stirn, und sie taucht ihre Umgebung in blendende Helle. Die Lichter in ihren Augen tanzen wie Schneeflocken im Wind. Der Kopf mit dem kurzen, schwarzen Haar fällt in den Nacken. Mit allen Sinnen die Sterne suchend, lacht sie – lacht wie ein Kind, neugeboren, zum ersten Mal – – –

kein Schlußpunkt, denn ich müßte weiterschreiben, den Lehmklumpen meiner Erinnerung zu zwei Tonfiguren brennen, die am Ende dann mit klaren Konturen und scharfen Umrissen vor dem Licht bestehen könnten – und würde doch nur lügen, denn nichts von ihr ist zu fassen außer ihrem Lachen. Ich weiß nicht, warum der dunkle Zug in mir immer noch um Unabhängigkeit kämpft, das Dunkel immer noch versucht, das Licht totzuschlagen.

1. Szene:

Ein Teil der sich drehenden Welt – die Stadt

Der Kopf der Frau hob sich. Mit einem schnellen Blick der schwarzen Augen vereinnahmte sie für einen Moment die vorbeihuschenden Irrlichter der Autos und ließ sie sogleich wieder fallen. Im Bewußtsein, endlich Geld in der Tasche und die Arbeit dafür hinter sich zu haben, atmete sie den Duft des Abends einmal tief ein – triumphal fast; dann hüllte sie sich sofort wieder in ihren Mantel, als sei es ein Fehler, etwas an die Stadt zu verschwenden, und sei es auch nur ein kurzes Gefühl im Atem.

Die Dunkelheit glitt nun ebenso unausweichlich vom Himmel wie ein sanfter, kalter Regen, der die Straßen in schwarze Spiegel einer neonbunten Verkehrswelt verwandelte. Die Stadt unterschied sich durch nichts von all den anderen Betongebirgen unserer Zeit. Menschenfarben mischten sich darin; weiß zu schwarz, schwarz zu gelb, und die Unterschiede zwischen den Menschen wurden immer geringer.

Der Blick der Frau sank zusammen, sie trat aus dem schützenden Torbogen hinaus in den Regen.

Schwarz, das war ihre Farbe – als sei etwas von ihrem späteren Selbstbewußtsein schon seit Geburt in ihr angelegt gewesen. Denn zu schwarzer Hose und schwarzer Jacke gesellten sich einträchtig die schwarzen Haare und die schwarzen Augen. Brombeerschwarz. Trauerschwarz.

Sie schlug den Kragen ihrer Jacke hoch, um sich zumindest ein wenig vor dem Regen zu schützen. In das Bewußtsein, daß auch nach dem heutigen Zahltag das Geld immer noch nicht für ein Fort-gehen, -fahren oder -fliegen reichte, mischte sich augenblicklich Ärger über diesen Regen, der spöttisch auf sie niederzutröpfeln schien, so als wisse er um ihr vergebliches Bemühen.

Die grellen Scheinwerfer der Autoschlangen verschlossen den Weg in die Stadt mit einem Vorhang aus perlenden Wasserfäden; verbargen auch für die Menschen aus der Fabrik – die wenigen, die ihr immer noch nachsahen – diese Frau zwischen ihren Spiegellichtern auf dem Asphalt.

Für die Frau fand niemand ein Wort des Abschieds. Doch war über sie geredet worden. Viele der Frauen hatten Unruhe verspürt, sobald sie nur in die Nähe gekommen war, und allein daraus geschlossen, daß sie nur darauf wartete, ihnen die Männer auszuspannen. Denn sie hatten die bewundernden Blicke der Männer auf ihr gesehen. Ängstlich achteten sie auf Abstand und trauten ihr nicht.

Unglaublich, daß so etwas noch ungezähmt durch die Stadtwelt laufe, hatten die Männer anfangs zueinander gesagt. Eine typische Einzelgängerin, entweder lesbisch oder frigide, sagten sie einige Wochen später, als das Unnatürliche, das Abweisen jeder Annäherung, war sie auch vom begehrlichsten Mann gekommen, für sie nicht mehr natürlich zu erklären war.

Darum hatte es einige Zeit gedauert, ehe man sich an sie gewöhnte und weniger über sie sprach. Vor allem ihre Kolleginnen hatten lange nicht das Interesse an ihr verloren. Doch selbst die Hartnäckigsten unter den Neugierigen wußten nicht mehr, als daß sie vor drei Monaten in Halle VI zu arbeiten begonnen hatte und an diesem Abend zum letzten Mal aus der Fabrik ging.

Über den Dächern tropfte nächtliche Schwärze in die Dämmerung, gelangte jedoch nicht bis auf das Straßenpflaster zwischen den grauen Betonvierecken. Unter den schützenden Laternen drängten sich die Menschen trotz des Regens und der empfindlichen Kühle gegenseitig vor die ungeduldig hupenden Autos. Etwas seltsam Ausgelassenes war unter den Menschen.

Frauen aus allen Erdteilen wurden neben Eßwaren aus allen Kontinenten feilgeboten. Wirte standen vor ihren Gaststuben und versuchten, Kunden aus der vorüberströmenden Masse Mensch herauszuangeln. Neben ihnen warben die Zuhälter auf gleiche Weise und mit kaum unterschiedlichem Vokabular. Hoffnungslosigkeit und Amüsement begegneten sich vor jeder Fassade und lüfteten höflich den Hut voreinander.

Bald bewegte sich die Frau auf immer helleren und bunteren Straßen. Doch gehörte sie nicht zu den promenierenden Leuten, deren Uhren auf Mitternacht gerichtet waren. Sie wurde bedrängt und angerempelt, behielt aber gegen den erhöhten Widerstand das Tempo ihrer Schritte bei. Aus den Neonlampen sprühten immer noch nasse Fäden. Darunter dehnte sich der Strom einer nach Vergnügen verlangenden Menschenmenge zum Meer. Die Leiber verknüpften sich zu einem immer engeren Netz, und die Durchschlupf gewährenden Maschen wurden klein und kleiner.

Die wenigen Bäume, die sich an den Straßenecken behauptet hatten, standen traurig und ohne Laub. Organisches hatte Plätze räumen müssen für Tot-Steriles. Die Erde war dem Asphalt gewichen, der Baum dem Plastik, die Sonne dem Neon. Leicht abzuwischen und sauberzuhalten war all das – und das mußte es auch sein, weil dem zahlenden Besucher der Schock aufsteigenden Verwesungsgeruches während der Nacht unbedingt erspart bleiben mußte.

Endlich fand die Wolke über der Stadt ein neues Ziel. Beruhigte, glatte Pfützen breiteten sich auf dem Asphalt aus; ein warmer Duft nassen Laubes stieg aus den Parks auf und mischte sich zwischen den beständig in der Stadtluft stehenden Benzingestank. Überall, wo die Frau sich bewegte, streifte auch für die Winzigkeit einer Sekunde Kälte an den Rändern der Menschen vorüber.

Sie gehörte nicht dazu, nicht zu den vielen, die sich verloren auf der Suche nach dem eigenen Ich befanden. In ihrer Sehnsucht nach Wärme wollten sie alle dazugehören und unter ihresgleichen sein. Alle wollten sie einen Menschen finden, wenn der Abend zur Nacht wurde, in der von den Dingen nichts als die Silhouette bleibt.

Sie dagegen durchsuchte das Menschengewimmel unter den Lichtern der Bars und Cafés nicht nach einer vertrauten Seele. Sie brauchte den aus dem Grau des Alltags zurechtgeflickten Harlekin nicht, hinter dessen grinsender Fassade sich die Wirklichkeit zur wohlverdienten Nachtruhe begeben konnte. All das waren ihr nur Träumereien – vielleicht für Menschen, die in neonhellen Nächten geboren worden waren, in denen sich die Wehen der Mutter dem rhythmischen Blinken der Leuchtreklamen über den Straßen angepaßt hatten.

Sie wollte nicht zu dieser geheimen Armee der Nachtarbeiter gehören, die das Licht mit den Schatten vertauscht hatte, um den zwischen den Welten bummelnden, erlebnishungrigen Zeitgenossen für einige Stunden aus dem biederen Anzug zu helfen. Sie wollte nicht denjenigen die Nächte inszenieren helfen, die sich der Ordnung halber für den Tag entschieden hatten, sich aber im Alltag selbst unerträglich geworden waren.

Zu deren Unterhaltung war dieser Zoo der menschlichen Unheimlichkeiten eingerichtet worden, in dem sich, wie verabredet, nach dem Untergang der Sonne Jazzsänger, Transvestiten und verkannte, kettenrauchende Genies trafen. Unter dieser brodelnden Masse vergnügungssüchtiger Menschen fanden sich ab und an auch Geister, die lange Zeit vergeblich nach der eigenen Sonne gesucht hatten: Clochards und Zecher, Prostituierte beiderlei Geschlechts und die selbsternannten Verkäufer der Lust. Und überall dazwischen dann die Voyeure, die Touristen und Zuschauer, die es genossen, eine Besuchsnacht lang durch den Menschenzoo zu schleichen und wenigstens einmal das zu erleben, was für sie sonst nur in den Zeitungen zu lesen war.

Die Frau hatte schnell einen Blick dafür entwickelt und konnte entscheiden, wer zur Gesellschaft dazugehörte und wer, nicht geladen aber gekommen, sich auf den Zug geschwungen hatte, um zu begaffen und zu bestaunen. Und nach einer gewissen Zeit hatte sie auch gelernt, für niemanden zu leben – schaute darum nicht einmal mehr zu.

An diesem Tag ließ sie sich von den Menschenströmen forttreiben, und erst als ihre Augen neben der zielgerichteten Gleichgültigkeit auch etwas Müdigkeit verrieten, glitt sie in ein Café hinein. Des Wartens schon lange überdrüssig, wünschte sie dort einen einsamen Tisch; sie glaubte, mit niemandem etwas gemein zu haben. Auf ihrer Stirn zeigten sich Falten eines verhaltenen Unwillens, als sie den Raum nach einem freien Tisch absuchte. Schließlich entdeckte sie im hintersten Eck, im toten Winkel des Raumes, ein Tischchen, an dem niemand saß und dessen Winzigkeit es auch für einen weiteren Menschen nahezu unmöglich machen würde, sich dazuzusetzen.

Über die Frauen und Männer, die unruhig auf der Suche nach einem Partner den Raum mit den Augen durchstreiften, über die Paare Hand in Hand, die unablässig zwei Tanzschritte in Harmonie versuchten, kam sie nicht einmal mehr das Lachen an.

Allen Menschen in diesem Café fehlte zum Schlaf die Sicherheit. Darum, aus Angst, wurden die Nächte nun durchwacht und durchtrunken. Sie alle verstopften den kleinen, zur Straße hin mit Glasscheiben abgegrenzten Raum mit lauten und leisen Klagen, mit Zigarettenqualm und, wenn die Stimme den Dienst versagte, mit ihren Blicken. All das ballte sich unter gelben Lampen zu einer gigantischen Wolke verendenden Lebens, einer Wolke aus Gedankengespenstern, in die jeder hineinhören konnte. Einer der Männer, der allein an der Theke saß, allein bis auf ein Glas Bier in der Hand, hatte sie seit ihrem verhaltenen Eintreten nicht aus den Augen gelassen. War ständig bemüht gewesen, einmal ihren Blick zu erreichen. Wußte sich endlich nicht anders zu helfen, als sich ungeschickt und mühsam hinter das kleine Tischchen zu zwängen.

Schnell hatte die Frau begriffen, daß das Betreten des Lokals wieder einmal der wunde Punkt gewesen war. Zwei wartende, auf jedes Öffnen der Tür lauernde Augen hatten sich auch hier nicht mehr gelöst.

Der Mann sagte vorsichtig einen Satz, Annäherung und Hoffnung zugleich – nur einen Satz, zu mehr schien der Mut nicht zu reichen –, und wartete nun auf eine Reaktion, vielleicht auch auf eine Hilfe. Mit fahrigen Bewegungen setzte er eine Zigarette in Brand. Aber sein Gegenüber wollte nicht helfen, wollte nicht hören, nie etwas gehört haben und, vor allem, ihn nicht ansehen müssen. Ihr Gesicht blieb der Tasse auf dem Tisch zugewandt. Und in der Sekunde, in der sie mit jeder Faser ihrer Nerven spürte, daß sich sein Mund öffnete, um sie trotz aller Unsicherheit mit lauterer Stimme zu zwingen, von seiner Gegenwart Notiz zu nehmen – erst da bewegte sie sich. Ihre Hand führte endlich die Tasse, die sie so lange umklammert hatte, an den Mund – und allein diese Bewegung reichte, um seine Zunge wieder an den Gaumen zu fesseln.

Er war nicht das, was man gewöhnlich einen Aufreißer nennt. Seine Stimme hätte nur bitten, nicht fordern können.

Langsam, während die Tasse schon am Mund ruhte, hoben sich mit dem Kopf die Augen, diese erschreckend schwarzen Augen, die ihn nicht sehen wollten und nur der Bewegung der Tasse gefolgt waren. Quälend langsam all das. Endlich erreichten ihre Augen sein Gesicht. Nur für Augenblicke betasteten sie seine Züge, um sogleich wieder zu vergessen und dem Gehirn ja keine Mühe zu machen – dabei gerieten die Blicke ineinander, ohne sich jedoch zu verschränken.

Kein Mitleid, kein Spott steht darin. Der Mann stößt in der Tintenschwärze dieser Augen auf eine gläserne Wand. Nicht einmal ein Nein steht darin. Plötzlich merkt er, daß ihr Blick völlig leer ist: schwarze Pupillen, deren Strahlen durch ihn hindurchgehen in eine andere Welt. Ihr Kopf folgt der Bewegung der Augen, es rührt sich etwas in diesem Sekundengemälde – schon huscht der Schatten über ihn hinweg, und sie wendet sich wieder ihrer Kaffeetasse zu. Ein letzter Schluck entblößt in der ruckartigen Rückwärtsbewegung den Hals, und dann steht sie auf, windet sich um den Mann herum, zahlt und geht.

Der Mann sitzt noch minutenlang an diesem Tisch, der der Länge seiner Beine nicht angemessen ist, und versucht, in sich ein Gefühl zu bestimmen. In der Kälte ihrer Gleichgültigkeit wäre er beinahe erfroren.

2. Szene:

Der andere Teil der sich drehenden Welt – der Garten

Steinumschlossen ist der Garten und nur vom Kloster aus zu erreichen; doch klafft in einer der Straße zugewandten und aus rohen Steinen aufgeschichteten Mauer ein Spalt, der Suchenden Einlaß gewährt. Ein Riß, der anzeigt, daß sorgende Hände fehlen. Deshalb ist die Mauer kein Hindernis mehr und von jedem Eindringling mit Leichtigkeit zu bewältigen.

Die Gebäude des Klosters besitzen nur noch blinde oder zerschlagene Fenster. Die Mauern sind vom Regen zerfressen, der Anstrich ist längst abgeblättert. Getrost kann man die Gebäude Ruinen nennen, traurige Ruinen. Auch der Garten hat der Zeit nachgegeben und kann sich nicht an die einst bestandene Ordnung unter den Gewächsen erinnern. Doch die Pflanzenwelt konnte die Hilfe des Menschen entbehren, sie hat ja auch nicht ihren Ursprung in ihm. Sie scheint sich mit diesem Zustand zufriedenzugeben und sich in der Unordnung wohlzufühlen. Sie stöhnt nicht, gleich den Mauern, daß ihre Zeit bald vorbei sei.

Das letzte Licht fällt aus dicken Wolken auf die vom Wind gesträubten Blätter der Apfelbäume. Im Klostergarten ist kein Laut zu hören, bis auf das Rauschen in den Baumkronen. Der Wind bückt sich nicht so tief herab, daß seine streichelnde Hand auch das Gras erreichte. Er verweilt lieber in den Bäumen und beim Wetterhahn auf der Kirchturmspitze. Alle Düfte des Tages versammeln sich in dieser Stunde, als gedenke die Luft den Tag über das Licht hinaus zu bewahren. Die Schatten wachsen und wachsen, decken den Rasen zu und sorgen dafür, daß endlich auch die letzte Blume ihre Blüte schließt. Der Wind in den Wipfeln verstummt, und die Natur wartet gespannt auf den Untergang der Sonne, atemlos, als sei es der letzte Tag der Schöpfung.

Noch ein letztes Mal mühen sich die Strahlen über die hohe Mauer, flirren unentschlossen von Baum zu Baum, als wüßten sie nicht, daß ihre Stunde schlägt. Dann bedecken mächtige Wolken mit drohender Gebärde das Licht, und die Schatten verwandeln sich in die ersten tastenden Finger der Dämmerung, angetan mit weichen, grauen Handschuhen.

3. Szene:

Der Tänzer – er dreht sich um die Welt

Mühsam öffnen sich seine Augen. Sein erster Blick gilt der Uhr, fällt von dort auf das Fenster, und er lächelt den Regentropfen zu, die sich außen an der Scheibe einen Weg in die Tiefe suchen. Nach einem aus Enttäuschung verschlafenen Tag reckt er, sich aufsetzend, die zerschlagenen Glieder und läßt den Rest des Tages in sich hineinströmen. Im Halbdunkel beginnt er Kleider, die wild im Zimmer verstreut liegen, zusammenzusuchen.

Sein Bücken und Strecken besitzt etwas von der Anmut eines Tänzers. Keine stampfenden Schritte, keine hastigen, eckigen Bewegungen – das Runde, Sanfte, Harmonische wohnt selbst in alltäglichen Verrichtungen und Gesten, die in ihrer Art bereits reif für die Bühne sind. Eine Anmut besitzt er, die verführt. Der Tänzer glaubt an sich und seine Kunst – seine Bewegungen schließen Selbstverrat aus.

Die Augen versprechen den Blumen Wasser, während er einen Pullover überstreift und dann zwischen wilden Haufen von Büchern und Schallplatten die Gießkanne sucht. Endlich findet seine Hand auch den Weg zum Lichtschalter. Eine nackt von der Decke baumelnde Glühbirne fängt Feuer und hebt die Einrichtung des Raumes aus den Schatten. Das erbärmlich kleine Zimmerchen hat nur ein Fenster. Doch eben diese Luke verheißt Licht und Wärme. Ganz in der Ferne, wenn man sich nur weit genug hinausbeugt, kann man die blaue Silhouette eines Waldes mehr erahnen als sehen.

Neben dem Bett liegt der Grund für den verschlafenen Tag: ein aufgebrochener Brief. Am Morgen hat ihn noch des Tänzers Zorn getroffen – und auch jetzt fliegt dessen Blick beim oberflächlichen Ordnungschaffen über das zerrissene Kuvert. Allerdings ist kein Zorn mehr in seinen Augen, nur noch ein wenig Kummer. Auch weiß der Tänzer nicht, was er nun mit dem anbrechenden Abend anfangen soll. Kummer und Zweifel, die seinen Schlaf noch bedrängt haben, sind ganz still geworden. Was er erzählen müßte, kann er nicht in Worte fassen – alles ist tot nach dem heutigen Morgen; Freunde kann er darum nicht besuchen – es fehlen die Gründe dafür.

Endlich entschließt er sich, in der Stadt nach Musik zu suchen und einem neuen Gefühl die Chance zu geben, in die Leere einzufallen. Schon dieser Entschluß bessert seine Stimmung: Die dem Brief entströmende Enttäuschung füllt jetzt nur noch den kleinen Raum über der Stadt. Ohne einen Blick zurück schüttelt er sie ab.

Die Heiterkeit eines Clowns breitet sich in ihm aus, als er auf die Straße tritt und Mund und Nase dem Regen zur Begrüßung entgegenstreckt. Er ist mit sich zufrieden!

Übermütig pfeifend springt er über Pfützen auf dem Trottoir, begrüßt den ersten Menschen, dem er begegnet, mit einer höfischen Verbeugung aus dem siebzehnten Jahrhundert, erinnert sich schließlich einer kleinen Melodie und tanzt aus dem Schein der Laternen in die Dunkelheit eines Parks hinein.

Die Neonlampen der City fangen seinen Schatten auf einem der großen Boulevards wieder ein. Nun tanzt er nicht mehr, die Menschenmassen fesseln ihm die Glieder. Als habe eine unbekannte Größe erst vor wenigen Stunden sein Bewußtsein geboren, so neugierig tanzt jetzt allein sein Kopf hin und her, so viele Blicke sendet er in Winkel und Ecken und saugt mit allen Sinnen die Welt ein, als wolle er sie unter seiner Jacke nach Hause tragen. Er träumt das Leben, und seine Träume teilt er jedem mit, der bereit ist, sie zu hören und zu sehen.

Eine der ungezählten Glastüren, die zu einem der ungezählten Kaffeehäuser gehört, wird energisch vor ihm aufgestoßen

– fast wäre er durch Glas hindurchgelaufen –, so daß er aufschreckt aus seiner Welt.

Da prallt er mit ihr zusammen. Nur eine kurze Berührung zweier Körper, dann hat er den seinen schon wieder in der Gewalt. Er entdeckt ihr Ich in den schwarzen Augen, sieht auf den Grund des Brunnens durch gefrorenes Wasser, durch Eis. Sieht mehr als nur Verachtung oder Mitleid. Sieht sie ganz, hört einen Ton, das Echo seiner ausgelassenen Heiterkeit, glaubt die Noten des eben gepfiffenen Liedchens zu entdecken für einen Bruchteil absoluter Gegenwart.

Er sieht ihre Hand ungeduldig das Haar aus dem Gesicht streichen und läßt sie ohne ein Wort im Gewühl der Menschen verschwinden. Dabei glaubt er, die Frau begriffen zu haben. Sie hätte das spüren müssen, denkt er, nicht einfach fortlaufen dürfen.

Es dauert eine Weile, ehe er bemerkt, daß die Menschen auf dem Gehweg ihn fortdrängen, fort von ihr. Das löst seine Erstarrung, sein Blick sucht und findet sie nicht mehr. Und so läuft er ihr aufs Geratewohl hinterdrein, bis sein Atem zu fliegen beginnt, stemmt sich durch die Körper und ist dann überrascht, sein Herz so schnell schlagen zu hören, als ihr Kopf vor ihm aus der Menge emportaucht.

In ihren Rücken verloren, wird er blind für Straßenzüge und Kreuzungen, die sie nacheinander passieren. Das Tempo ihrer Schritte ist das seine geworden; dabei kommt sie wesentlich leichter voran als er, der es doch gewohnt war, sich leichtfüßig und ohne anzustoßen durch die engsten Maschen des Menschennetzes wehen zu lassen.

Sie haben sich von den großen Boulevards entfernt, und nach einer Straßenbiegung verschwindet sie unvermittelt in einem Kellereingang. Aus dessen Unterwelt gelangen Musikfetzen an des Tänzers Ohr, dumpf und undifferenziert. Plötzlich steht er auf einem schmalen Grat, zwischen Lächerlichkeit und Verzweiflung, bereit zu fallen, weiß nicht, ob es besser wäre, die Verfolgung jetzt abzubrechen, da er noch unentdeckt ist. Wirklichkeit mischt sich in den Traum, die Phantasie unterwirft sich dem Intellekt, der die Möglichkeiten, die ihm bleiben, fliegend durchzuspielen beginnt.

Weil der Tänzer dabei den Eingang des Lokals blockiert, wird ihm die nie getroffene Entscheidung von einigen ungeduldigen Besuchern abgenommen, die ihn schließlich die Treppe hinab und in einen feuchten Jazzkeller hineinspülen.

Das Lokal ist gut besucht. In einer Ecke des Gewölbes stehen fünf Musiker auf einer Bühne und produzieren eine nahezu unrhythmische Musik, die jedoch nur vom geringsten Teil des Publikums genossen wird – das Gros der versammelten Menschen kümmert die Musik wenig. Je weiter sich der Kreis der gedrängt stehenden und sitzenden Menge zieht, desto mehr fallen die Musiker aus den Hauptrollen heraus, obwohl sie es doch sind, die auf der Bühne stehen. Ihre Töne begleiten nur noch Szenen und Gespräche und werden schließlich zum geduldeten Hintergrund.

Die Blicke des Tänzers sind fasziniert an den Geschichten hängengeblieben, die sich ihm überall, auf jedem Stuhl, bieten. Er hat Suche und Zweifel vergessen, es strömt in ihn hinein – bis er dann doch über das Gesicht der Frau stolpert. Zum ersten Mal reicht der Abstand, um ihre Züge aufnehmen zu können.

Sie sitzt gar nicht weit entfernt von ihm, sitzt einfach da. Keine Harmonie, die schlanken Finger um ein Glas gelegt und den Blick im Spiegel der Flüssigkeit vergraben. Eine Pose der Unnahbarkeit – getragen als Zeichen für alle Männer ringsum. In ihrem Gehirn arbeitet immer noch der nie stillstehende Rhythmus der Maschinen, klappern die Gedanken, Blechen gleich, aufeinander, schreien die Vorarbeiter und jeder, der sich kraft seiner Manneswürde zum Vorgesetzten berufen fühlt, ihr Befehle zu. Diese Klänge werden lange noch, vor allem während des Schlafens, in ihrem Kopf toben. Die Erfahrung einer allzu nahen Vergangenheit wird eine unvergeßliche Erinnerung prägen.

Wie ist es dazu gekommen, daß sie jeden Morgen mehrere Stunden braucht, um sich vom Schock des Erwachens zu erholen? Warum leidet sie noch daran? Die vergangenen Tage haben nie nach buntem Leben ausgesehen. Wenige Tropfen der Freude verstecken sich in der schon seit langem ausgetrockneten Orangenschale des Glücks. Häufig hat sie versucht, einfach durchzuschlafen und nicht an die Forderungen des Tages zu denken, aber ein Versagen am Scheideweg von Konvention, Pflicht und letzter, entscheidender Verweigerung – natürlich auch die Vernunft – haben sie jedes Mal wieder aus dem Bett getrieben. Jedes neue Licht hinter dem kleinen Tod hat sie anziehen, das Nötigste essen und den Weg zur Fabrik einschlagen geheißen. Heute ist der letzte Tag gewesen. Aber von was? Das Geld wird noch nicht reichen. Sie wird wieder irgendwo beginnen, wieder ihre Person jeden Morgen am Fabriktor ausliefern müssen, gerade dann, wenn der Rhythmus der Maschinen zu einem schwachen, fernen Pochen in der hintersten Ecke des Gehirns geworden ist.

Zwar stehen auch im Augenblick die Räder der Maschinen still, vorerst wenigstens, doch haben sie Wirkung hinterlassen. Denn ihr Gesicht gehört nur noch ihr, weil sie es nicht mehr gebraucht. Die Muskeln haben während der Dauer weniger Jahre ihre Geschmeidigkeit eingebüßt. Man hat sie stumm gemacht. Fliehen darf sie jedoch nicht, noch nicht.

Zeichen der Ungeduld haben sich nicht auf ihrer Stirn gezeigt, sie erwartet also niemanden. Als die Band den letzten Akkord spielt, drängt sich der Tänzer vorbei an rohen Mauern und schwitzenden Menschen hin zu der jungen Frau, setzt sich neben sie und betrachtet das Gesicht zum ersten Mal in

Ruhe und aus angemessener Entfernung. Er vergleicht die Wirklichkeit auf dem Barhocker neben sich mit der freudig begrüßten Vision des ersten Augenblicks.

Die Art, wie sie die gescheitelten Haare aus dem Gesicht wirft, schreckt ihn im Innersten. Ruckartig dreht sich ihr Kopf plötzlich, und aus dem Halbprofil sticht ihr Blick zum Tänzer herüber, der davon getroffen mit dem ganzen Körper erschrickt, als habe ihn jemand bei einer verbotenen Beschäftigung ertappt. Doch hält er, obwohl ihm wie einem Schuljungen das Blut ins Gesicht geschossen ist, dem nüchternen Taxieren stand. Sie verweilt länger als gewöhnlich mit dem Blick auf diesem Mann. Aber auch diese Frist wird nur in Sekunden gezählt – fast gehört er schon wieder zur Vergangenheit. Sein Hirn arbeitet verzweifelt, sucht den Haken, an dem sich ein Wort festmachen ließe. Dabei sitzt er wie die Fliege vor der Spinne. Kalt schaut sie, zum Erfrieren kalt, und nichts von ihren Gedanken, von Leben, spiegelt sich. Deutlich ist es im Gesicht des Tänzers zu sehen – Gedanken und Möglichkeiten, die diesen unerträglichen Zustand des Sitzens in einem toten Blick beenden könnten, rennen nacheinander darüber hinweg. Zuletzt zeigt dann ein Lächeln an, daß er doch etwas gefunden hat.

Gleich darauf beginnt sein Körper in stilisiertem Frieren zu schwingen, während die Hände sich an den Oberarmen hinauftasten und schließlich über den Schultern liegenbleiben. Des Tänzers Körper verliert dabei an Volumen und faltet sich zu einem fröstelnden Paket zusammen. Ganz am Ende haben sich auch noch seine Füße unter die Oberschenkel gestohlen. Nur sein Gesicht ist die ganze Zeit über unverändert in ihrem Blick geblieben und sagt: Das bist du.

– Du machst mich frieren, sagt er dann laut, als ihr Auge trotzdem abgleiten will.

– Was?

Kein spöttischer oder ungläubiger Ton schwingt in ihrer Stimme. Sie hat nur ihre Pflicht erfüllt, obwohl, vielleicht auch weil dies die kargeste, dümmlichste, wenn auch ehrlichste und originellste Annäherung der letzten Zeit gewesen ist. Darum bleiben ihre Augen noch einen Augenblick auf ihm.

– Komm, hilf mir doch ein wenig, beginnt der Tänzer erneut. – Sei doch nicht so traurig, so leergeräumt. Da kann einem ja Angst werden vor dir. Sag schon, wie könnte ich dich unterhalten? Oder ist das verboten, dir Vergnügen zu machen?

– Was soll verboten sein? fragt sie erstaunt.

– Stimmungen darf man eigentlich nicht zerstören, antwortet er. – Das ist Gesetz. Nun schau mich nicht wieder so an. Ich erfriere ja unter deinen Augen. Steif und gequält hat der Tänzer geklungen. Und auch sein Körper verliert unter diesen Augen seine Biegsamkeit, seine natürliche Eleganz. Er wird all das im Laufe des Abends mühsam wiedergewinnen müssen.

– Und? sagt sie.

Ihr Blick ist zum Glas zurückgekehrt. Das zart angedeutete Interesse scheint sich zu verlieren. Sie wünscht, er würde aufstehen und gehen, wie schon so viele vor ihm. Doch bleibt er neben ihr sitzen. Sie spürt sein Bemühen, ihr trotz der anhaltenden Kälte hinter die erstarrten Muskeln zu schauen, spürt bei jedem Atemzug, daß, der anwesenden Menge zum Trotz, sie der einzige Mensch für ihn ist. Ihr Schweigen scheint ihn nicht zu stören. Er sieht aus wie jemand, der immer etwas zu sagen hat. Plötzlich glaubt sie sich während eines Atemzuges der Erfüllung ihres Wunsches nah.

Doch der Tänzer angelt immer noch nach neuen Worten und verwirft sie wieder. Seine Unfähigkeit zum lockeren Scherz trifft ihn überraschend.

Warum sie mit einem Male helfen will, weiß sie selbst nicht. Aber da ist im Spiegel des Glases ein Funkeln aufgestiegen, ein wenig Spieltrieb und Amüsierlust: – Machst du das oft? fragt sie in sein Gesicht hinein. – Ich meine, fremde Leute anquatschen, Verzeihung, ansprechen.

Zum zweiten Mal schreckt er vor ihrem Blick zurück, dessen Veränderung er nicht deuten kann. Sie hält ihn mit den Augen fest, fordert eine Antwort.

– Traurige Menschen aufzuheitern, ihnen Geschichten anzubieten, ist so etwas wie mein Beruf, sagt er vorsichtig.

– Menschen, sagt sie. – Also auch Männern.

– Seltener, gibt er flüchtig lächelnd zu und fühlt sich unwohl, da er nicht ausweichen kann. – Stört dich das?

– Stören? Kannst du ruhig machen. Es geht mich ja nichts an, solange ...

– ... ich dich in Ruhe lasse, vollendet er den Satz.

– Genau! sagt sie. – Begriffen.

– Aber ich kann dich doch nicht so einfach hier sitzen lassen.

– Nein? fragt sie, nun tatsächlich verblüfft. – Warum denn nicht? Was ist denn mit mir?

– Das habe ich dir doch schon gesagt. Du wirkst so leergeräumt, so traurig.

Der Tänzer findet während des mühseligen Frage- und Antwortspieles seine Sicherheit wieder, gewinnt an Eleganz und läßt sich auf die Partie ein. Die Angst vor dem Verlieren glaubt er schon vor Jahren abgelegt zu haben.

– Aha, antwortet sie trocken.

Ein Lachen, das nicht ihm gilt, schließt sich an. Dann sagt sie: – Also, ich fühl mich wohl so. Auf des Tänzers skeptischen Blick fährt sie ein wenig irritiert fort: – Im Ernst, das ist mein ... sie sucht nach einem Wort – ... mein Normalzustand. Genau, Normalzustand würdest du wahrscheinlich sagen. Das glaubst du nicht, was? Kannst du aber glauben.

Unter seinen weiterhin fragenden Augen versteckt sie sich, indem sie mit dem Glas auf der Theke zu spielen beginnt. Abrupt ist das Band zwischen ihnen gerissen. Einige Minuten sitzen sie stumm nebeneinander, ohne daß er ihrem Profil noch einen einzigen Augenblick entlocken könnte. Fast scheint er schon vergessen. Sie weiß, daß sie nicht mehr spielen kann, vor allem, weil er es ehrlich meint. Doch statt aufzustehen und zu gehen, spricht sie plötzlich wieder.

– Erzähl doch was, sagt sie.

– Ich erzähle immer von mir, antwortet er, als sei das eine Selbstverständlichkeit.

– Oho! Wird das nicht irgendwann langweilig? fragt sie, zumindest die Andeutung eines Lächelns auf den Lippen.

– Manchmal. Eigentlich aber nicht, antwortet der Tänzer und ordnet schnell seine Gedanken. – Nein, mit mir langweile ich mich im Grunde nie. Wäre ja auch schrecklich, wenn man sich selbst plötzlich nicht mehr aushält. Das ist, denke ich, Folge meines Berufs. Dieses überdrehte Selbstbewußtsein. Und daß ich gar nicht daran denke, ich könnte mit meiner Kunst durchfallen.

Und dann erzählt er ihr schon von seinen Hoffnungen, die ihm beim Leben helfen, schließlich von seinen Fähigkeiten und Talenten: Daß er in Menschen und Geschichten versinken und diese für ein Publikum aufhellen kann. Daß er ein Mittler, ein Dreh- und Angelpunkt, sei.

Die Eleganz kehrt zu ihm zurück. Er erzählt mit dem Körper genausogut wie mit der Zunge, und die Einheit, die er vorstellt, vertreibt den Rhythmus der Maschinen und die Schreie der Vorarbeiter aus ihrem Kopf. Sie reduziert ihre Existenz auf ihn, wird einzig zum hörenden Ohr – und plötzlich badet die Sonne ein lange gemiedenes Tal im Licht, und die Frau lacht, lacht wie ein Kind, neugeboren, vielleicht zum ersten Mal. Der Strom seines Erzählens hat sie fortgerissen, und sie taucht freudig in die Worte ein.

Dadurch verstört fragt er, ob sie ihn auslache. Doch sie schüttelt nur den Kopf. In ihren Augen brennt ein kleines Licht.

Behutsam, denn sie will nicht, daß er wegen ihr seine Einheit verliert, fordert sie ihn auf, weiterzuerzählen. Es ist lange her, daß sie mit Bedacht und Zärtlichkeit die Worte für Fragen an ein Gegenüber ausgewählt hat. Und er erzählt weiter von seinen Träumen, die ihm die Realität aufnötigt: Daß er jeden Tag wie den ersten eines neuen Lebens betrachten und sich laut daran freuen möchte, daß er mit dem ganzen Ich im Augenblick eintauchen will wie in eine verzauberte Blume, daß er sich zu den regenschwangeren Wolken hinaufträumt, wenn aus nasser, schwerer Erde Düfte aufsteigen, die sehnsüchtig rufen – daß er ewig auf grünen Wiesen liegen möchte.

Während der Tänzer sein Lebensprogramm vorstellt, bemerkt er seinen Erfolg, und die Einheit schwindet langsam, aber um so sicherer aus ihm. Überrascht, sie gefesselt zu haben, schaltet sich sein Verstand wieder ein und beginnt, die Reaktionen auf ihrem Gesicht zu kontrollieren. Außenwelt schiebt sich zwischen die beiden Menschen, die Musiker beginnen wieder zu spielen, der Zauber bricht.

– Du bist ein wenig daneben, sagt sie. Doch das Licht bleibt in ihren Augen.

Seine Hand sucht den Weg in die ihre, die auf der Theke liegt. Sie ist mit sich zufrieden, als sie ausweicht und von neuem das Glas umfaßt. Die Frau will die Kontrolle über die Ereignisse behalten und sich aller Möglichkeiten versichern, ehe sie entscheidet.

Der Tänzer hat sie für den Augenblick von der Vergangenheit getrennt. Doch garantiert ein Nebeneinander für ein paar Tage tatsächlich mehr als das Alleinsein? Was, wenn er eine Zukunft haben will?

Hätte der Tänzer in diesem Moment ihre Augen im Spiegel der Flüssigkeit sehen können, so wäre er von neuem zurückgewichen.

Ihre Hände haben sich vom Glas gelöst. Schwarz erhebt sich ihre Silhouette vor den leise schaukelnden Lampen.

– Gehen wir, sagt sie und vergißt dabei nicht die wartenden Maschinen, die Zukunft und ihr Ziel.

Als sie hinausgehen, streift ihre Hand die seine. Die Frau ist es, die den Tänzer auf der Treppe küßt. Die Welt, in die sie gehört, hat er noch nicht gesehen. Doch wird sie sich mit der Zeit offenbaren, so glaubt er. Bis dahin wird er die seine mit Freuden teilen. Das Ziel, nämlich den Augenblick, hat er ohnehin besessen.

Ohne zu fragen, wohin, überläßt er sich ihrer Führung, obwohl eine fast zerbrechliche Überraschung über ihre sprunghafte Entscheidung seine Züge beherrscht. Sie liest in seinem Gesicht, ohne daß er sie hindern kann und sagt: – Überrascht? Verlaß dich nie auf mich. Ich handle und denke nur für mich.

Den Tänzer, gewohnt in den Menschen wie in Büchern zu lesen, hält die Neugierde auf die ungewohnten Farben ihres Gesichtes und die Hoffnung auf Wiederkehr des ersten, vertrauten Ausdrucks trotz der offensichtlichen Warnung an ihrer Seite. Tief im Innern muß sie ihm ähneln.

Ohne daß ihr Blick schwankt oder der Stern darin blasser geworden ist, wendet sie sich um und steigt die letzten Stufen zur Straße hinauf. Sie wandern tote Boulevards entlang, die der Tänzer mit Leben füllt, indem er Geschichten erzählt. Faszination geht immer dann von ihm aus, erreicht die stärkste Kraft, wenn er nach einer Weile schnellen Redens den Boden der Wirklichkeit verliert und abspringt in seine eigenen Welten.

Das sind Geschichten aus einem Theater, gebaut aus Pappkulissen und Phantasierequisiten, doch folgt die Frau ihm behutsam und verweilt freudig in dieser phantastischen Gegenwart. Allerdings – sie will nicht mehr verlieren und richtet sich danach. Ganz gleich um welchen Preis.

Nach dieser Nacht besitzt sie den Tänzer ganz, besitzt ihn mitsamt aller ihm zu Gebote stehenden Kräfte. Er dagegen hat von ihr nicht mehr als einen versehentlichen Blick vor dem Café.

Von Osten her schiebt schon ein hellblauer Halbkreis die Finsternis mit ihren Sternen aus dem Himmel, als der Morgenwind den Tänzer allein durch feucht-kühle Luft seinem Zimmer entgegenweht. Er ist verwirrt: Zu dem Puzzle ihrer Persönlichkeit hat sie ihm unzählige bunte Steinchen geschenkt, doch findet er darin keine Ordnung.

Nur unwillig öffnet sich die morgendliche Stadt den Blicken der wenigen noch umherstreunenden Lebewesen. Schamhaft ist sie auf verhüllendes Halbdunkel bedacht, während der Wechsel vom bunten Flickenanzug der Nacht ins biedere Alltagsgrau vonstatten geht. Denn sie läßt sich nicht gern über die Schulter sehen, wenn sie nackt ist und die dünnen Eisenskelette durch die bröckelnden, zerfressenen Mauern schimmern. Nackt heißt ungeschützt, verletzlich. Deshalb verargt sie jedem, der erst in dieser Stunde des grauen Lichtes seinen Weg nach Hause findet, den Blick auf ihre Mängel. Doch wenn dann die Sonne das Grau einfärbt, wird der dröhnende Verkehr den Groll der Häuser löschen und die Unwirklichkeit der durchsichtigen Fassaden vertreiben. Denn das biedere Gewand des Tages ist maßgeschneidert.

Der Tänzer steht berauscht an seiner Luke zur Welt und horcht dort oben auf den Groll der Häuser. Er fragt sich, ob er glücklich ist. Er besitzt nichts von dieser Frau, darf nicht behaupten, in ihrer Seele gelesen zu haben. Glück und Vertrauen, diese ihm so geläufigen Worte, gehörten offenbar nicht zu ihrem Vokabular. Bislang kann er ihr Miteinander nicht Liebe nennen. Denn er gibt und bekommt nichts zurück. Doch soll es noch und wird es noch ein Tausch der Personen in gegenseitigem Vertrauen werden, eine Sicherheit, die Angst ausschließt.

Doch fürchtet er, daß sie diese lose Zusage, ihn am Abend wiederzutreffen, nicht einhalten wird. So ist er noch nicht glücklich. Der Schlaf hat ihn schließlich überfallen, ehe er sich wehren konnte.

Seine Welt ist mit ihm verschwunden. Zurück bleiben vier kahle Wände in schmutzigem Weiß und ein zerwühltes Bett.

Der Tänzer ist der erste gewesen, der sich über ihre Anspruchslosigkeit hat wundern dürfen. Denn sie hält es nicht für nötig, das Zimmer auszuschmücken oder in irgendeiner Weise zu verschönern. Der geringste Aufwand, mit dem diese erzwungene Station etwas freundlicher gestaltet werden könnte, erscheint ihr verfehlt. Sie will sich den Zorn auf diese Stadt erhalten, ihn nicht mit Wandfarben übermalen und sich mit Illusionen betrügen. Alle Dinge, die zu ihrer Person gehören, trägt sie in den Taschen. Kein persönliches Stück soll in diesem Raum an die Bewohnerin erinnern.

In ihrem Kopf kreist die tanzende Entdeckung der Nacht. Sie ist ihm dankbar, daß er den Rhythmus der Maschinen, vielleicht auch aufsteigende Furcht, mit seinem Zauber vertrieben hat. Doch will sie nicht, daß er irgendwann Ansprüche stellt.

Sie trinkt noch in Ruhe, alle Glieder aufs Bett ausgestreckt, einen Kaffee. Ein Tänzer, so sehr ihr Gegenteil, daß sie sich nie, nicht mit einer einzigen Faser ihrer Nerven, begegnen werden. Verletzlich in seiner zur Schau getragenen Emotionalität und fortwährend von Augenblicken redend, obwohl er schon in dieser einen Nacht dem roten Faden ihres Ichs nachzujagen begonnen hat. Vielleicht würde sie, wenn sie ihn noch einmal sähe, Angst haben, ihn zu verletzen.

Plötzlich greift sie in die Jackentasche und zieht das Geld hervor, für das sie sich in der Fabrik abgemüht hat. Mit der fernen Hoffnung, die aus den Farben der Geldscheine entsteht, übermalt sie die verlebte Nacht, und dann fällt er auch über sie: der Schlaf der Erschöpfung.

4. Szene:

Atemholen

Nicht in Stunden zählt die Zeit seinen Schlaf.

Als der Tänzer wenig später aus den Träumen gleitet, steht das Bild der Frau noch in seinen Augen. Einen Moment lang glaubt er, die Bücherregale drohten von den Wänden seines Zimmers auf ihn niederzustürzen. Er läßt den Nachklang der Nacht sein Gedächtnis passieren und hat Mühe mit der Erinnerung. Ein Nebelmorgen, so denkt er, ist nicht weniger diffus als diese schwarze Frau, von der er allenfalls weiß, was sie nicht ist. Auch zärtlich ist sie nicht gewesen, fast haben ihre Körper gegeneinander gekämpft, bis zum bitteren, schalen Nachgeschmack. Sie kämpft sich durchs Leben, unruhig, unstetig bis zur Lustlosigkeit, entscheidungsfreudig, doch nicht berechenbar.

Ohne etwas zu essen, die Angst in den Gliedern sie nicht wiederzusehen, verläßt er nach kurzem Schlaf schon wieder sein Zimmer. Er durchquert die Straßenzüge mit schnellen Schritten, auf der Suche nach der verlorenen Ruhe des anbrechenden Tages. Seine Augen sind leer. Er tanzt nicht wie gestern noch, beachtet nicht die Tagmenschen, die ihm geschäftig, mit dicken Taschen unter den Armen, wichtig entgegenlaufen. Sein Körper windet sich ohne anzustoßen durch die Menge. Die wenigen, die sich nach ihm umdrehen, staunen über seine Anmut. Er schwebt?! Schließlich verschwindet er im Eingang eines Untergrundbahnhofs.

Des Tänzers Spur findet sich in einem kleinen Vorort wieder, der unberührt von der Hektik der Neonstadt, doch gar nicht weit von deren Toren entfernt, vor Jahrhunderten schmalgieblige Häuser zu einem kleinen Flecken versammelte. Der

Schlaf des Städtchens vor den Augen der Welt dauert an, weil die Untergrundbahn nicht heranreicht; auch der Tänzer muß den letzten Rest des Weges mit dem Bus zurücklegen.

Milchig bedeckt die Feuchtigkeit des anbrechenden Morgens das Licht. In den schmalen Gassen hallen die Schritte des frühen Besuchers auf dem Kopfsteinpflaster. Sein Schatten drückt sich durch den Spalt einer Mauer in den Gesichtskreis blinder Fenster – und der Tänzer steht im Klostergarten.

Ein sanft gewobener Schleier feinster Tautropfen, etwas Nebel auch, bedeckt das Gras und spielt um die Wurzeln der Apfelbäume, die im Zentrum der Anlage stehen. Die Dämmerung hat die Schatten noch nicht voneinander getrennt. Noch verzaubert ihr Spiel den Garten und läßt dem Tänzer den Atem stocken.

Wie an jedem Morgen setzt er sich zwischen die Bäume und erwartet den Tag. Und langsam, ganz langsam heben sich die Schatten.

Die Luft zittert, als die Sonne sich das erste Mal ernsthaft zu regen beginnt. Der Geruch der Nacht wird fortgeweht von einem klaren Luftstrom, den seine Lungen, ebenso die Augen, freudig begrüßen – und plötzlich zerbirst die milchige Scheibe der Dämmerung. Die Schatten sind entlassen. Alle Farben der Welt leuchten. Tropfen funkeln in den Gräsern. Der Tag hat sich selbst geboren!

Der Tänzer hat die Ängste und Zweifel, die ihn während der letzten Stunde bedrängten, verloren. Auch nach dieser Nacht ist es ihm gelungen, die Zukunft der Vergangenheit zu entledigen, wie jeden Morgen zur gleichen Stunde an diesem Platz die Geburt des Tages zu erleben und in seinem Innersten nach den Farben der Welt zu suchen, die vor seinen Augen rot, blau, gelb und grün aufgeplatzt ist.

Die Sonne steigt, ihre Strahlen flirren durch das Gras. Eine Katze schleicht durch den Mauerspalt in den Garten. Geschmeidige Bewegungen meiden die Nässe. Sie springt von Sonnenstrahl zu Sonnenstrahl. Mißtrauisch spürt sie und hält immer wieder inne, tastet sich dann vor in einen kleinen Lichtfleck. Sie will jagen und wittert in ihrem Revier wieder einmal menschlichen Geruch. Noch eine Winzigkeit wagt sie sich vor, dann schwebt eine Pfote in der Luft, sie verharrt, und der katzengrüne Blick fällt in des Tänzers Augen. Gleich darauf entspannen sich die zur Flucht in Bereitschaft stehenden Muskeln, die Katze setzt sich und beginnt ihr Fell ausgiebig zu putzen. Ab und zu schielt sie zu ihm hinüber, lauscht – doch scheint das ihm innewohnende Leben so wenig zur Bewegung fähig, daß sie ihn nicht anders behandelt als eine Steinfigur. Nachdem sie ihre Morgentoilette beendet hat, jagt sie hakenschlagend Mäusen nach, die ihre Phantasie den Sinnen vorgaukelt, und schließlich verschwindet die Katze so lautlos wie sie gekommen ist.

Aufziehende Wolken bleichen die leuchtenden Farben des Gartens, und die scharfen Konturen verschwimmen unmerklich. Der intensive Geruch des Lebens, der nur morgens oder nach einem Gewitterregen die Luft durchströmt und schwer macht, zieht hinauf in die Wolken. Der Tänzer hat sich erhoben, überzeugt, seine Ruhe wiedergefunden zu haben, und verläßt den Garten.

5. Szene:

Warten

Mit dem kreisenden Fortschreiten der Uhrzeiger ist im Tänzer die Angst gewachsen, sie nicht wiederzusehen. Das Mißtrauen ist mit den zunehmenden Stunden zurückgekehrt und wächst, wächst ins Unermeßliche.

Vertrauen – gehörte das nicht zu seiner Liebe dazu? Warum schenkt er dann keines? Aber sie hat ja auch nichts verlangt – kein Vertrauen, keine Zuneigung, nichts. Was fühlt er ihr gegenüber?

Er hantiert ungeschickt an der Kochplatte herum. Die Verbindung zum Kopf, der im Normalfall alle Bewegungen steuert, ist abgerissen. Der Tänzer verrichtet das Nötigste, ißt etwas, trinkt ein wenig, versucht zu lesen. Nichts fällt ihm ein, womit die Zeit sinnentleert, doch geschickt und auf angenehme Weise, vertrieben werden könnte. Und wenn schon unbewußtes Tun Schwierigkeiten bereitet, wieviel unmöglicher ist es dann, dem Handeln ein kreatives Ziel aufzuzwingen?

Der Tänzer versucht es mit einigen Körperübungen, doch als er sein Gesicht im Spiegel erblickt, bricht er gleich wieder ab.

Er sucht zu begreifen, wie nach dem gelungenen Morgen die Unruhe mit der Zahl der Stunden derart hat anwachsen können. Nicht einmal den Namen der Frau weiß er, geschweige denn ihre Adresse – nennt nur eine lose Verabredung, kein Versprechen, für den Abend sein eigen. Sein einziger Erfolg.

Er beginnt auf und ab zu laufen, zwei Schritte von Wand zu Wand, manchmal auch drei, und sein Blick vermag es dabei nicht, die Uhr zu meiden. Schließlich treibt ihn die Unruhe in den einzigen Sessel im Zimmer. Die Fähigkeit, sich über das lärmende Ich zu erheben und die eigene Lächerlichkeit zu erfassen, hat ihn im Stich gelassen. Er erstarrt.

6. Szene:

Mutproben

Die Frau sitzt in einer Ecke des kleinen Lokals und wartet, den Blick auf die Füße gerichtet und die Hände in den Hosentaschen verborgen. Ihre Haltung verrät eine Spannung, die sie jedesmal vibrieren läßt, wenn sich die Tür öffnet. Gegen ihre Gewohnheit sitzt sie in einer Weise am Tisch, die es ihr ermöglicht, alle Geschehnisse in dem kleinen Raum im Blickfeld zu behalten. Eine unsichtbare Sonne zählt die letzten Minuten des Tages aus, und da der Kellner es für unnötig hält, die Lampen anzuzünden, hat seine Kaffeehauswelt nur eine Farbe.

Der Tänzer, dieser Narr, wird sich freuen, sie an diesem Ort zu sehen. Warum nur hat sie die lose Verabredung, mehr eine Vertröstung, eingehalten? Seine Kunst, das Vergessen zu schenken, hat sie in der letzten Nacht erfahren. Doch allein deswegen kann sie nicht an diesem Platz sitzen und warten. Noch weiß sie nicht, ob sein Wesen zu einer Gefahr werden kann. Dabei geht etwas in ihrem Innersten vor, das sich jeder Kontrolle entzieht. Sie probt – und spielt mit der eigenen Stärke.

– Manchmal sitzt der Tod in deinen Augen, sagt der Tänzer statt einer Begrüßung und setzt sich auf den Stuhl ihr gegenüber. Während der kurzen Spanne der Gemeinsamkeit haben sie die Positionen vertauscht.

Die Frau merkt, wie er das Bild des Tages mit dem der Nacht vergleicht. Die freudige, ja fast heitere Spannung löst sich, und die Schultern unter ihrem betont stolz erhobenen Kopf ziehen sich merklich und unbehaglich zusammen. Eine eigentümliche Gebärde der Abwehr, deren defensiver Charakter der offenen Aggression ihres Blickes widerspricht.

Die Frau hat die aufkeimende Freude vergessen, die sein Gesicht in ihr geboren hatte; sie fragt sich, ob es nicht doch ein Fehler ist, fair zu sein und mit Widerwillen gegebene Versprechen einzuhalten. Mühsam zieht sie die Hände aus den Taschen, um mit einem langen Blick auf die Nägel Entspannung und Gleichgültigkeit zu sammeln, ohne daß er etwas davon bemerkt.

– Soll ich für dich lächeln? fragt sie in seine Erwartungen.

Vergeblich forscht der Tänzer in diesen Augen nach dem Stern oder wenigstens nach Ironie oder Zorn, fürchtet jedoch im gleichen Atemzug noch den Ausbruch ihrer Kraft, die vielleicht zerstören kann. Gleichgültig und ohne Regung starrt sie ihn immer noch an, während er fassungslos ihr Gesicht absucht; läßt ihn ihr gegenüber fassungslos sein, obwohl sie weiß, daß sie beim Eintritt des Tänzers beinahe gelacht hätte, beinahe – wäre nur nicht die verletzende Intimität des ersten Satzes gewesen, zu der er kein Recht hatte, jetzt nicht und nie.

Ungeduldig knirschend hat sich sein Stuhl gedreht. Seine Augen meiden jetzt die Frau. Er will die Welt um sie herum betrachten und die Menschen, die sich in dem kleinen Café den Vorabend vertreiben. Des Tänzers Augen sind auf die Reise gegangen, während sich sein Gehirn in fieberhafter Aufwallung befindet, auf der Suche nach neuem Anfang. Verzweifelt durchsucht er den Raum nach seiner Normalität, die sie ihm zum zweiten Male gestohlen hat, in dem Moment, in dem er sich in ihr verlor, um ihr Wesen zu greifen, sie endlich zu benennen. So irrt er in den Grenzen der eigenen Person herum, Grenzen, die sie setzt, und sucht nach Brücken, um zu sich zurückzufinden.

Endlich sieht er eine seiner Geschichten, eine von denen, die er mit so viel Charme weiterzuschenken vermag. Er findet zwischen den armseligen Gestalten eine Geschichte, die ihm den Rahmen seiner Welt zurückgibt: Zunächst ist es der Hund, der des Tänzers Aufmerksamkeit erregt und ihn gefangennimmt. Es ist ein kleiner Hund, der nicht weit von ihnen auf einem der Kaffeehaustische sitzt und neugierig in die Runde schaut, ein ungewöhnlich kleiner Hund mit den Ohren einer Spitzmaus und auch nicht viel größer. Als des Tänzers Blick dann über die Besitzerin des Tieres gleitet, denkt er, daß diese ebenso überzüchtet ist wie ihr Hund, daß sie alle Attribute ihrer Weiblichkeit auf die denkbar ungünstigste Weise herausgekehrt hat.

Das Tier auf dem Tisch wirkt verstört und unruhig. Es will herunterspringen, wird aber immer wieder zurechtgewiesen – so läßt es schließlich auf der Tischplatte sein Wasser, und natürlich läuft nicht wenig davon der unaufmerksamen Besitzerin in den Schoß, die daraufhin aufkreischt, den über sich selbst erschrockenen Hund mit der Hand vom Tisch fegt und erregt einen Bediensteten zu sich fordert. Doch bewegt sich der Kellner nur langsam in die Richtung der Unglücksstelle und behebt den angerichteten Schaden mit so offensichtlichem Widerwillen, daß die Hundehalterin ihm schließlich Lappen und Schwamm aus den Händen reißt und sichtlich verärgert ihre verdorbene Garderobe selbst säubert.

Des Tänzers Blick findet in die Augen der Frau zurück, als er seinen Stuhl von der Szene abwendet. Ein Lächeln steht auf seinem Gesicht und die leise Hoffnung auf ein Echo in ihren Augen – ein Echo, das sie unbewußt, um seinetwillen und nicht wegen der kleinen Episode, gewährt.

– Das sind meine Geschichten, sagt er, nur um einen Ton zu hören.

Die spielenden Hände auf dem Tisch scheinen nicht zu ihrem Körper zu gehören. Das erste Mal stellt er Unsicherheit fest. Ein nur wenig spöttischer Blick schießt unter halb hochgezogenen Brauen hervor. Sie fragt: – Magst du das? Was ist das für eine Sympathie! denkt sie.

– Nicht das, gibt er zurück. – Sie! Die Menschen.

– Nein, nein, sagt sie unwillig. – Ich meine nicht ‚die Menschen'. Ich meine diese Frau dort.

– Auch die, antwortet er schnell. – Aber es hat schon mit den Menschen zu tun, mehr als du denkst. Im Ernstfall, so lächelt er, – gehört sie vielleicht zu meinem Publikum. Ich muß sie also mögen.

– Muß? fragt sie.

Selbstsicher klingt der Tänzer. Er schlägt einen Dozententon an, ernst und angestrengt, bar jeder Ironie, und je mehr er von sich ausbreitet, desto sicherer glaubt er zu stehen.

– Meine Kunst, sagt er, – hat etwas mit Ausliefern zu tun. Ich will mich mitteilen, dafür brauche ich ein Publikum. Und dessen Urteil muß ich mich unterwerfen. So einfach ist das. Ich kann und will mir nicht die Ausrede erlauben, der zuschauende Plebs sei meiner nicht wert, meine Leistung zu groß für den Verstand der Zuschauer. Ein Schriftsteller mag behaupten können, er schreibe für eine ferne, verständigere Zeit, und seine Sprache sei dem Denkvermögen der Zeitgenossen weit voraus – und damit die Ignoranz gegenüber seinen Werken zu Lebzeiten einleuchtend erklären. Ich kann das nicht. Wenn mein Publikum nicht versteht, was ich auf der Bühne sagen will, welchen Kosmos ich baue und worum es mir dabei geht, dann kann ich mich nicht damit herausreden, sie seien zu dumm und meiner Kunst darum nicht würdig. Ich möchte an die Leute, die mir da gegenübersitzen, etwas abliefern. Und wenn ich mir das vorgenommen habe, dann muß auch etwas ankommen. Gelingt das nicht, dann ist das Stück einfach schlecht und der Mime dazu.

Des Tänzers Gegenüber hat bislang mit sanft geneigtem Kopf und fast schon belustigtem Blick gelauscht.

– Und was hat das alles mit der Frau am Nebentisch zu tun? fragt sie jetzt, als er Atem holt.

Einen Augenblick muß er überlegen: – Ich denke, es erklärt, warum ich die Menschen liebe. Ich liefere mich ihnen aus. Das würde ich sonst nicht tun. Oder?

– Du drückst dich, sagt sie. – Magst du die Menschen, weil du sie brauchst, oder was? Ach, das ist mir alles zu allgemein. Ich kann nicht so abheben, verstehst du. Ich seh nur diese Frau. Sowas kann man sich doch nicht ausliefern. So was kann man auch nicht lieben. Und so wie die sind doch alle.

Über was für Dinge redet sie da. Die Frau weiß, daß es ihr weniger um die Sache als um seine Person geht. Den Punkt, auf dem er ruht.

Wirklich naiv hat er, so scheint es, nichts davon begriffen. Er müht sich mit der Abstraktion, den schalen Wörtern und fühlt sich sicher dabei, da er sich auf ureigenstem Gebiet glaubt. Überraschende Fallgruben hält er für unmöglich.

– Sie schlafen doch nur, beginnt er von neuem. – Sie sind nicht stumpf, nicht leer und tot. Tief unten schläft in ihnen immer noch etwas Sanftes, das Über-Menschliche, das Licht, Gefühl, Seele – nenn es wie du willst –, ein leiser Ton, der klingt. Und sollten sie noch so zerbrochen sein! Den muß ich treffen. Dieser verschüttete Ton und meine Kunst, die müssen zusammenklingen. Gefühl ist das – mitfühlen lassen. Mehr nicht. Erklären können, warum etwas schön ist, das braucht niemand. Kunst braucht keine Analyse, keine Wissenschaft, die sie erklären will. Am Ende lacht sie über diese Anstrengungen. Darum gehören die Menschen zu mir wie ich zu ihnen. Sie sind in mir, die Geschichten, die ich von ihnen bekomme und dann wieder an sie zurückgebe. All dies um mich herum liefert den Stoff für das, was in meinem Kopf abläuft. Auch diese Frau mit ihrem Hund gehört dazu. Ich laufe nachts durch die Kaffeehäuser und schaue, ärgere mich über die Menschen oder freue mich. Eigentlich müßte ich immer dankbar sein, weil sie die Geschichten sind, die ich bald anderen erzählen werde.

Auch der Kellner müßte ihr dankbar sein, obwohl er sich über sie geärgert hat, denn sie hat ihm eine Geschichte geschenkt. Und wenn ich das gut mache, das Geschichtenerzählen, dann begreifen sie, wie ich sie begreife. Wir werden ein Ton, eine Harmonie. Und hören sie ihren eigenen Ton das erste Mal mit meiner Hilfe, dann werden sie sich vielleicht erinnern und in der Zukunft selbst nach ihm suchen.

– Aha, sagt die Frau.

Sie hat das Gefühl, obgleich unbestreitbar der Auslöser, nicht der Adressat für diese tosende Wortkaskade gewesen zu sein, die an ihrem Ohr vorbeigestürzt ist. Endlich findet sie, was ihr Angst macht: Dieses Sehen, Erfassen und Begreifen. Zu einer Geschichte formen. Trotzdem sagt sie nur: – Weißt du, das ist mir alles zu weit weg.

Der Spott verschwindet aus ihrem Blick; durchsichtig bis auf den Grund sitzen die schwarzen Augen vor ihm. Sie hat nicht einmal einen schauspielerischen Anflug von Gleichgültigkeit für den Tänzer, da sie allmählich begreift, was in ihr und ihm bis auf den Grund bohrt.

– So gut, so schön sind die Menschen doch nicht . . ., setzt sie zögernd die Worte. – Was kann man da schon hervorholen?

– Schönheit, sagt er.

– Wo lebst du eigentlich? wird sie plötzlich ärgerlich. – Schau dich doch einmal um!

Sie mag sich nicht, wenn sie sich über einen Menschen ärgert. Dann ist sie verwundbar, einholbar von den anderen, zu offen. Sie wartet, zum Zerreißen gespannt, auf das Ende des Gesprächs, das sie vorantreibt, vor allem um den letzten Winkel ihres Ichs zu erleuchten. Schon hört sie das Stichwort ‚Liebe' in ihren Ohren.

Der Tänzer ist ihren Augen ausgewichen. Er spürt, daß die Abstraktion nicht wichtig ist für sie. Und daß sich ihre Kälte gegen ihn richtet und nicht gegen seine Gedanken.

– Welche Farbe hat denn die Welt? fragt er. – Schwarz oder weiß?

– Weder noch, sagt sie. – Grau. Sie ist der schlimmste aller Kompromisse.

– Nein, nicht grau, begehrt er auf. – Bunt.

– Aha, sagt sie. – Färbst du da nicht ein wenig?

– In meiner Kunst klingt der Ton. Ich kann nur das finden, was in den Menschen ist. Sonst würden sie nicht auf mich reagieren, wenn ich auf der Bühne stehe. Ich bringe sie zum Klingen. Wenn sie mir folgen, werden sie nachdenklich und neugierig auf diesen innersten Ton. Sie ändern sich. Und darum liebe ich sie.

– Weil sie auf dich reagieren? fragt sie.

– Unfug, antwortet er ärgerlich. – Das weißt du genau.

Ihre Augen scheinen schwarze Funken zu sprühen; er weiß jetzt, daß sie ihn treffen kann.

– Vielleicht hast du die Liebe nur allein, sagt sie.

– Dann könnte ich sie ja verschenken, erwidert der Tänzer mit distanziertem Ton. – Das ändert nichts.

– Lohnt sich das denn?

– Was willst du, fragt er da. – Es mag dir zwar alles lächerlich vorkommen, aber ... doch sie hört nicht mehr zu, als er mit ironischen Sätzen seine Ehre wiederherzustellen sucht. Ihr ist es völlig gleichgültig, ob er grundlos die Welt liebt oder nicht. Doch *wie* er liebt, das ist nicht so gleichgültig: das Formen der Welt nach seinem Bild.

Doch plötzlich will sie ihm wieder helfen, weil sie sich seines Wunders erinnert, die Monate in der Fabrik während einer Nacht zuzudecken. Sie ist ihm etwas schuldig. Eigentlich müßte sie darüber weit hinaus sein. Trotzdem gibt sie dem Tänzer einen Einblick in ihr Denken, in ihr Gefühl: – Weißt du, sagt sie, – ich will von niemandem begriffen und ergriffen werden. Ich will nicht helfen, erklären, verstehen. Ich kann keine klugen Denkanstöße geben. Wenn es nach mir ginge, dann könnte man auf den Rest der Menschheit getrost verzichten. Ich brauche auch kein Publikum, das mich beklatscht oder auspfeift. Ich handele nur für mich, für niemanden sonst. Wenn ich rede, dann nur für mich. Und du, was gehen dich denn die anderen an?

– Warum sitze ich hier bei dir? fragt er zurück. – Ich brauche sie, die anderen. Allein, das geht nicht.

– Ach so, sagt sie. – Ein alter Hut. Ich brauche sie nicht. Ich habe nicht darum gebeten und existiere trotzdem. Damit habe ich fertig zu werden. Auf meine Art.

Fremd sitzt sie da auf ihrem Stuhl, völlig fremd, und würgt dann auch noch so etwas wie ein Lachen hervor – das erste Lachen aus ihrem Mund, das in seinen Ohren kratzt und schneidend das Hintergrundgemurmel des Cafés durchdringt.

– Ich habe weiterhin nicht darum gebeten, sagt sie, – daß die gesamte Welt ihre verdrehten Erwartungen an mir befriedigt. Doch es heißt, ich darf mich nicht lösen. Das verletze, heißt es. Das tue den Menschen weh. Wem?

Sie sieht ihm an, was er erreichen will: Gerate über dich ins Erzählen, plaudere, rede und ereifere dich. Daß er aus Puzzlestücken ein Bild legen möchte. Doch greifen seine sanften, erst banalen, aber leise zweifelnden Fragen bei ihr nicht mehr. Warum nur leidet sie noch immer daran, wo doch das magische Beschwören des Gegenübers so normal und üblich ist? Was stört sie, da der Tänzer nur das getan hat, was jeder tut? Um das aufzuklären, spielt die Frau mit, soweit sie sich einlassen kann. Letztendlich handelt es sich nicht mehr um den Tänzer, glaubt sie nun, sondern es dreht sich um Unbegreiflichkeiten längst vergangener Art.

Sie wirft mit einer schnellen Bewegung der rechten Hand das Haar aus den Augen; eine schon vertraute Geste, die dem Tänzer signalisiert, daß die Informationsstunde ihr Ende gefunden hat. Weiter will sie und wird sie nicht gehen.

Er darf nun wieder das Spiel bestimmen und fühlt die Verpflichtung, den Ball des Gesprächs auf seiner Seite weiterzutreiben. Er ist am Zug.

Immer wenn sie in sich hinabgetaucht ist, hat in ihren Augen der verwandte, doch nie klingende Ton ein Echo gefunden. In diesen seltenen Momenten hat er ihre Angriffe vergessen und sich in ihrem Gesicht verloren – auch in diesem Augenblick, in dem sich sanfter Spott in ihren Zügen ausdrückt.

Die Kontrolle dieser Frau über die untersten Schubladen des Gefühls, dieses Hände-in-den-Taschen-Behalten, das erschreckt den Tänzer bis in die Wurzel, da die Selbstbeherrschung seinem Wesen so unendlich fern liegt. Er ist nicht in der Lage, ihre Reaktionen für sich berechenbarer zu machen, sich vorzubereiten. Und verweigert darum den nächsten Zug.

Ein stummer Augenblick dehnt sich. Die beiden Menschen wollen wissen, warum sie streiten.

– Was ist? fragt sie schließlich. – Warum schweigst du? Wie sähe das aus, wenn ich Kunst machen würde? Sie fragt. Parodiert. Ist nicht einmal erhitzt. Kein Mensch, der seine Lebenseinstellung verzweifelt verteidigt.

Der Tänzer sieht nur kurz in ihre Augen, die sie jetzt wieder so vollkommen, wie sie sich das wünscht, in der Gewalt hat: – Gleichgültigkeit ist das Schlimmste, sagt er. – Lieben kann man und aufbauen oder hassen und zerstören, denke ich. Aber auf jeden Fall handeln!

Einen Moment lang überlegt er frei von ihr.

– Ich weiß nicht einmal, ob das richtig ist, sagt er dann, und sein Blick wirbt einfach um ein klein wenig Wärme.

Das soll wohl heißen: Lebe und fühle, sonst bist du gestorben, denkt sie. Da er aufzugeben scheint, spürt sie Unzufriedenheit. Warum nur ist er ihr nicht unwichtig?

Der Tänzer muß sich zwingen, den Künstler vor ihr zu behaupten, denn er ist absurderweise nach einer Nacht an die

Frau gebunden, nach so wenigen Stunden gebunden an ein unnennbares Gefühl. Neugierde?

Sie dagegen sitzt schwarz und ungebunden vor ihm, bereit, einen Tänzer vor das Nichts zu stellen, vor die gelebte Gleichgültigkeit und vor den Haß. Wenn sie angreift, strahlt ihr gesamter Körper ohne Zensur Aggressivität – wüßte er nur, was sie aus ihm herausquetschen will. Er glaubt, sie fordert ein Stück seines Innersten. Dabei ist sie mittlerweile so über sich erstaunt, ziel- und ratlos geworden, daß sie um ihr Ich zu kämpfen beginnt, nicht um das seine.

Plötzlich lodert in seinem Gehirn ein schon lange schwelendes Feuer auf – der Tänzer denkt daran, aus der ungewöhnlichen Person mit den schönen schwarzen Augen eine Geschichte zu basteln. Natürlich eine Liebesgeschichte ohne Wenn und Aber, getreu dem Leitsatz: Ich bin ein Spiegel der Welt. Eine dramatische Geschichte, eine Liebe, die letztendlich scheitern muß.

Dieses Abschätzen vorhandener Möglichkeiten, das seinen Blick gekreuzt hat, lockert bei ihr die unerträgliche Spannung im Nacken. Sie begreift, was da in ihm vorgeht und daß sie wieder einmal vergeblich auf einen Menschen gehofft hat, der einen Teil seines Selbst für sie in Brand zu stecken vermag. Erleichtert bemerkt sie, daß sie sich endlich eingeholt hat. Sie hat auf ihn gehofft, darum die Unruhe und darum auch die Ratlosigkeit – dabei ist sie von Anfang an nur Objekt, Episode und Geschichte gewesen. Wo ist die sicher geglaubte Unabhängigkeit von anderen Menschen? Sie hat ihn im Innersten tanzen lassen. Seine Gegenwart hat sie glücklich machen und auch enttäuschen können. Doch war sie vom ersten Augenblick an nur Publikum gewesen, durfte Beifall klatschen oder pfeifen, mußte aber begreifbar sein, damit sich in jedem Falle eine Geschichte aus ihr filtern ließ. Darum auch die fortwährenden Versuche, ein Bild zu formen. So selbstvergessen, wie er vorgibt zu sein, ist er offensichtlich nicht. Seine Zuneigung ist Selbstzweck.

Löse mir das auf, will sie dem Tänzer zuschreien. Aber sie kann noch so laut schreien, er wird ihr den Satz nicht auflösen können, weil er nach den Puzzlestückchen ihres Ichs fahnden muß – ein hübsch gemaltes Bild an jeder Wand wünscht. Er wird nie anders denken können. In jedem Augenblick ihres Beisammenseins müßte sie für ihn zu begreifen sein. Zwei Menschen, das muß ein Ton sein, eine Harmonie. Sagt er. Wenn es wenigstens ein Zweiklang wäre! Denkt sie seine Forderung konsequent weiter, dann leuchtet am Ende immer Harmonie: Zwei Dinge werden eins. Oder besser: Ein Ding filtert das andere durch sich hindurch – und das Resultat nennt sich Harmonie.

So läuft die Frau auf Irrwegen von einem Ende des Tänzers zum anderen, ohne ein Wort zu sagen, allein um das zu finden, was sie enttäuscht hat.

Warum denn enttäuscht? Weil sie durch diesen vergleichenden und abschätzenden Blick verraten worden ist? Wer nicht mehr vertraut, kann auch nicht verraten werden, sagt ihr die Vernunft. Mit ihm kann ich dir keine Zukunft geben, denn er wird sich nie von seinen Geschichten trennen. Ein Spiel ist euer Miteinander nie gewesen. Dir gefällt seine Zuneigung – du hast dir selbst einen bösen Streich gespielt.

Nicht ich, denkt die Frau, ein unbekannter Ort in mir.

Sie weiß, daß sie sich jetzt entscheiden sollte.

Trotzdem versucht sie, den größten Schmerz zu meiden, will sich ihrer Freiheit versichern und doch noch eine Weile mit ihm sein.

Starke Gefühle ergeben eine starke Hemmung, denkt sie. Sie benötigt eine Basis für ein kurzes Miteinander und einen schmerzlosen Abschied. Ohne sich ihrer Unabhängigkeit zu versichern, würde sie des Tänzers ständige Suche nach einem roten Faden nicht ertragen.

Stumm brütend hat er das lange Schweigen hingenommen. Offensichtlich knobelt er und kombiniert die Steinchen, die er erhalten hat, zu einem brauchbaren Charakter, scheint jedoch jedesmal, wie er es auch dreht und wendet, über das Ergebnis zu erschrecken. Nun bietet ihm das ambivalente Gegenüber plötzlich eine Einheit an, Ironie sowohl im Auge als auch in der Stimme, sagt sie: – Du sammelst unter den Menschen deine Geschichten. Du biegst sie dir zurecht. Und behauptest, das sei Liebe. Ich finde das ein bißchen schräg.

Als sie das sagt, ist sie fast zu sehr darauf bedacht, seine müden Augen zu meiden. Dann schweigt sie wieder. Der Spott hat sich stumpf gestoßen. Auf diese Weise, die fast auch ihr Maß übersteigt, kämpft sie für ein paar Tage der Gemeinsamkeit, will den Tänzer verletzen, um ihn endlich kämpfen zu sehen.

Doch er sieht nicht ihre Augen, hört nur den Ton, der verletzt, ist blind für die Sprache ihres Körpers, mit dem die Frau jetzt suchend Ausschau hält, sieht nicht, daß sie bereit ist, für ein paar Tage, wenn sie ihre Freiheit behalten darf.

– Es ist schwer, mit dir zu reden, sagt der Tänzer. – Mir tut alles weh.

Mittlerweile glaubt er an ein Spiel, weil die Frau zu oft ihre Positionen, vor allen Dingen aber ihre kaum wahrnehmbaren Stimmungen gewechselt hat. Es ist ihm unmöglich geworden, die Wahrhaftigkeit seines Gegenübers zu bestimmen. Dennoch glaubt er, zwischen den schillernden Facetten hindurch oft genug auf eine trist-nackte Bühne gesehen zu haben, ins Innerste der Frau hinein. Die Faszination des Unerklärlichen fesselt ihn an den Tisch. Sie schweigen vor sich hin: Der Tänzer froh, daß sie auf seine Äußerungen nicht mehr reagiert, die Frau dagegen fährt sich mit einer Hand, die ein Glas nicht mehr ruhig halten kann, fahrig durch die Haare.

Behutsam versucht der Tänzer, das Gefühl verletzter Eitelkeit aus dem Künstlerherzen zu drängen.

– Dann sag mir doch, wie man die Widersprüche auflöst, fordert er. – Mein Gehirn verwandelt und bebildert. Ob das richtig ist, weiß ich nicht. Aber ich fühle noch. In meinen Augen ist der Tod nicht so oft zu Gast.

Sie sucht seine Augen, in denen nun Trotz steht, weil sie ihn so allein läßt auf der Suche nach Versöhnung. Endlich hat der Tänzer aufbegehrt, wehrt sich und greift selbst an. Kämpfend kann man sich trennen, ohne daß einer die Hauptlast tragen muß – wenn er rebelliert und nicht nur mit endloser Geduld versucht, ihr Inneres zu sezieren, wenn er die aggressive, verletzende Abwehr respektiert, dann ist eine Basis gefunden. Der Tänzer, dieser Narr, hat den Mut zum Schwert, wenn er nur nah genug am Abgrund taumelt – so wird man sich auch trennen können. Mit einem Schlage kehrt die Ruhe zurück.

Sie lacht.

– Sag mir sofort, warum du lachst? stöhnt der Tänzer erleichtert auf. – Ich glaube, ich werde dich nie begreifen.

Sie verweigert die Antwort, indem sie den Zeigefinger über den Mund legt. Der Tänzer ist mit wenig zufrieden, nichts nimmt er weniger ernst als die Vergangenheit.

– Frieden? fragt er unsicher.

– War denn Krieg? fragt sie zurück.

Ihr Kuß bedeutet sowohl Abschluß als auch Neubeginn. Sie ist bereit, seinen Erwartungen ein wenig zu genügen – wenn sie den Zeitpunkt der Trennung bestimmen kann. Und dessen ist sie sich jetzt sicher.

Das neugeformte Paar hat das Café auf ihren Wunsch hin verlassen und schlendert nun scheinbar ziellos durch die Straßen – bis die Frau bemerkt, daß ihr Begleiter an jeder Kreuzung die Richtung wählt. Sie fühlt, daß er seiner Wohnung entgegenstrebt, und beginnt, sich an den Biegungen zu widersetzen. Das ruft schließlich einen Streit hervor, der mit Gelächter und Gezerre anfängt und mit Gelächter und einer Niederlage des Tänzers endet. Sie hat einen durchaus ernsthaften Grund: Angst vor dem Wissen um die Bücher, die der Tänzer liest, das Kochgeschirr, das er benutzt, die Wohnung, in der er lebt. Sie will sich nicht an die Erinnerung ausliefern, um nicht irgendwann vor Geschäftsauslagen und Dingen verharren zu müssen, die sein Bild in ihrem Gehirn unruhig machen. Sie fühlt sich wie ertränkt in Wohnungen, die Spiegel ihrer Besitzer sind und für den Besucher unausweichlich einen ungebetenen Begleiter schaffen, aus dessen Umarmung sich nur schwer zu lösen ist. Das Wissen darum hatte zu ihrem kargen Wohnraum geführt, in den sie nun den Tänzer bringt – ins Nichts. Denn sie ist nicht mehr als ein Schatten, ein Geflüster im Wind, und wenn einmal irgendjemand für eine Nacht ihr Zimmer betritt, so wirft nichts seine Schlingen nach ihm aus, um die Bewohnerin unvergessen zu machen und in seinem Herzen zu verankern.

So schläft das Paar das zweite Mal zusammen im Niemandsland, in der grauen Zone zwischen den Welten, wo die Schatten des Tages nicht mehr sind. Der Tänzer hat nicht darauf gedrängt, daß sie mehr von ihm wahrnimmt, als sie im Café hat wahrhaben wollen – vertrauend auf den Morgen hat er die Gewalt über die Gefühle wiedererlangt.

7. Szene:

Harmonieversuch

Der folgende Morgen sieht eine Premiere: Zum ersten Mal begleitet den Tänzer ein Mensch in seinen Garten.

Eine halbe Nacht hat er davor wach gelegen und sich gefragt, ob es richtig sei, dieses Geheimnis zu teilen. Als er begriffen hat, daß ihre Angst sich in ihm fortzusetzen beginnt, war es entschieden. Natürlich weiß er, daß sich bislang nur durch seine Person das Wort ‚Beziehung' erfüllt. Er allein hat sich verschenkt. Bisher haben sie miteinander gespielt: Einer hat sich versteckt, der andere hat gesucht. Versickerte auch bei ihm nun der Quell, die Bereitschaft zu geben, so stünden sie, der Tänzer und die Frau, vor dem Nichts. Würde er sich auch noch verbergen, so glaubt er, ließe sich der Ball nicht mehr vorwärtstreiben.

Schritte hallen auf dem Pflaster der Straße nach wie an jedem Morgen. Ein vorsichtiger Spatz flieht vor den frühen Besuchern auf den spitzen Turm der Klosterkirche.

Das Paar hat sich nicht untergehakt; Zweifel setzen sichtbar die Schritte nebeneinander. Er offen nach den Nebeln des Morgens greifend. Sie wie immer, wenn sie mit Menschen zusammen ist, tief in sich geduckt. Ab und an berühren sich ihre Körper, als wollten sie sich vergewissern, daß der andere noch da ist.

Anders als in den letzten Tagen hat das Aufwachen die Frau nicht mehr so unerträglich geschmerzt. Die Anwesenheit des Tänzers, die sich seit dem gestrigen Tag auch vernünftig rechtfertigen läßt, hilft ihr vergessen.

– Ich wußte es doch, sagt sie, als sie zwischen den eng aneinander geduckten Häusern auf den Garten zugehen, – du bist der letzte Romantiker. Kein Wunder, daß du die Welt liebst.

Erst an diesem Ort hat sie begriffen, wie sein Auge die Wirklichkeit verwandelt.

– Wenn der Geist gequält wird, dann schreit er auf und flieht in den Wald zu einem hohen, alten Turm, in der Hoffnung, daß sich dort seine Sinne wieder öffnen, sagt der Tänzer. Seine Stimme führt dabei einen pathetischen Ton. Er weiß sich gegen ihre Ironie nur noch mit Übersteigerung zu wehren.

– Ich bin Ästhet, sagt er. – Ich suche Welten, in denen ich mich aufhalten kann, in denen ich atmen und leben kann. Das hier ist eine davon.

Doch ist die Aggressivität seiner Begleiterin, vor der er sich gefürchtet hat, verschwunden; die Antwort trägt ihm nur ein Lächeln ein, das ihm für den Augenblick genug ist. Sie scheint sich zu erholen, denkt er.

– Was du machst, könnte ich nie, beginnt er vorsichtig.

– Was mache ich denn? fragt sie zurück.

– Im Nichts leben, sagt er, – zwischen vier weißen Wänden. Als seist du nichts. Ich hätte schon längst meine Farben an die Wände gemalt.

Wieder antwortet ihm darauf ein Lächeln, dann verschwinden ihre Hände in den Hosentaschen. – Natürlich, sagt sie leise. – Hinauf auf den alten, hohen Turm.

– Was meinst du, fragt er nach, da die leisen Worte ihm viel zu schnell entglitten sind.

Ihr Blick mißt ihn für eine halbe Sekunde.

– Es war nichts, sagt sie dann. – Nicht wichtig.

Gemeinsam betreten die beiden Menschen den Garten. Jäh taucht der Tänzer dort in sein Reich ein und vergißt für Momente seine Begleiterin, die verblüfft daneben steht und den Wandel in seinem Gesicht beobachtet.

Der Duft der Gräser gleitet in sein Herz. Er wischt die Schatten der Dämmerung schon jetzt beiseite, und die vier Bäume in der Mitte des Rasens wachsen in seinen Augen. Doch schnell holt ihn die Zeit wieder ein, er erinnert sich und sucht den Blick der Frau, in der Hoffnung, nun mehr als eine Farbe darin zu sehen.

Und tatsächlich, sie hat sich geöffnet. Nachdem sie gesehen hat, wie eine Welt im Menschen wachsen kann, dreht sie sich auf den Absätzen um die eigene Achse und läßt den Garten des Tänzers an ihrer Seele vorüberziehen. Sie begreift, warum ihr Begleiter sich so harmonisch bewegt: Dieses Draußen wohnt auch in seinem Innersten. Seine Bewegungen besitzen das Maß des Gartens.

Ein Gefühl, das Ehrfurcht hätte sein können, legt sich ihr auf die Brust und schließlich gar auf die Glieder.

– Hier steht ja die Zeit, sagt sie. Mit einem lauten Schrei macht sie sich Luft.

Der Laut, heiter gemeint und nicht bedrohlich, läßt die geweihte Stille platzen und zerschneidet die Zeit wieder in Sequenzen, danach fühlt sie sich wohl.

– Kein Echo da, sagt sie und lacht, obwohl sie das verschreckte Zucken des Tänzers nicht übersehen hat. Ein Zucken, das verdeutlicht, wie wenig er sich in der Gewalt hat, wenn sie sich weiter öffnet.

– Ich hoffe, mein kleiner Traum gefällt dir, sagt er, unsicher wie noch nie in seinen Welten.

Sein Lächeln ist verwundbar geworden. Ihr Blick gleitet kurz über ihn, voll nachdenklicher Freude.

Wieder steht er nach Sekunden vor einer Wand. Sie schaut in den Himmel, der das Graublau eines gequälten Großstadtmorgens angenommen hat, sich nur mühsam von der Nacht befreit, und antwortet: – Es ist schön hier. Aber unwirklich. Nach kurzer Pause gewinnt ihre Stimme einen lebendigen, fast heiteren Klang: – Zu grün, zu blau, zu ruhig.

Es verblüfft sie, wie schnell der Tänzer alle Schwärze außer acht lassen kann und freudig die Leichtigkeit der Worte ergreift. Er setzt sich zufrieden ins Gras und zieht auch sie, die Nässe nicht achtend, neben sich. Sie versucht abzuweisen, doch nach einem kleinen, albernen Kampf trägt der Tänzer den Sieg davon.

– Deshalb hast du geschrien? fragt er.

Daß er so wenig begriffen hat! Ihr Kuß ist zärtlich, doch im Schwarz ihrer Augen, das nah vor ihm steht, wächst die Distanz. Jedes Mal ein neuer Anfang. Schnell fliegt ihr Blick fort, wie ein scheuer Vogel, und die Lider versperren den Weg.

– Warum, warum . . ., sagt sie.

Ihre Hände suchen kleine Grashalme, die Einsilbigkeit, die eher auf das Gegenteil zielt, fordert Fragen heraus. Sie weiß darum. Ehe er Neues vorbereiten kann, sagt sie: – Frag doch nicht immer. Oder laß mich einmal fragen: Warum kommst du jeden Morgen her?

Macht sie sich über ihn lustig? Ein kleiner Stern in ihren Augen versucht ihn vom Gegenteil zu überzeugen. Aber der Tänzer zögert, etwas über sich zu erzählen, sie weiter eindringen zu lassen; die Zweifel der Nacht sitzen tiefer, als er gedacht hat. Er spürt plötzlich Angst, sich ohne Garantien an sie auszuliefern, weil sie immer wieder die Spielregeln verletzt und Tauschregeln nicht beachtet hat. Die Gefühle zueinander, so denkt er, sofern in ihr überhaupt ein Ton klingt, stehen nicht auf der gleichen Basis, einer bedingungslosen Ehrlichkeit.

– Wünschen Sie eine ernsthafte Antwort? fragt der Tänzer.

Sie nickt: – Eine ehrliche.

Als der Tänzer dann versucht, ein weiteres Stück seines Ichs in ihre Augen zu legen, fehlt ihm völlig die Fähigkeit, Vergessen zu schenken. Die Befreiung, dieses fühlbare Aufatmen, das bisher Erzählungen aus seiner Welt begleitet hat, weicht und Beklemmung breitet sich aus. Wie weit kann er noch gehen?

Der Tänzer beginnt zu taktieren, tastet das Gesicht der Frau nach Reaktionen ab und schreckt beim kleinsten Geräusch, und ist es auch nur das Fallen eines Haares, furchtsam zusammen.

Aus dem Nichts seiner Worte wächst diesmal keine neue Welt. Er kämpft verzweifelt gegen ihren Blick, der ihm enttäuscht scheint, kämpft und sucht nach dem Grund für sein Versagen – alles im Augenblick eines Wortes. Sie haben sich voneinander entfernt, und er kann es nicht verhindern. Und während er redet, kann die Frau sich zum ersten Mal nicht konzentrieren, läßt sich auch nicht fortreißen; andere, eigene Gedanken schießen ihr durch den Kopf. Sie fühlt noch sich selbst.

Der Garten gefällt ihr immer besser, je mehr ihre Augen darin spazierengehen. Sie will jetzt laufen, riechen, anfassen, entdecken – und dann nie mehr wiederkommen. Sie kann nicht mehr auf einem Fleck sitzen und auf den zähen Morgen warten. Und heute besitzt der Tänzer auch nicht die Magie des Augenblicks, mit der er gestern noch verzaubern konnte.

Er schweigt mittlerweile, nicht verzweifelt, da er sehr schnell begriffen hat, daß dieser Morgen nicht der seine ist. Seine Finger spielen mit ihren Haaren.

– Du hast mir die heilenden Monologe geraubt, sagt er.
– Zwei Stunden mit dir und ich werde stumm. Verändere mich von Satz zu Satz. Und du, du sitzt immer nur da und schaust und bist dir sicher. Das verschlägt einem irgendwann die Sprache. Du machst mir Angst, weißt du das? Nichts verändert sich an dir. Warum hilfst du mir nicht, dich zu verstehen?

Sie entzieht dem Tänzer mit einer fast verschreckten Gebärde den Kopf, ihre Hand wirft die Haare aus den Augen. Sie steht vom Rasen auf. Der Tänzer beginnt, sie in die Enge zu treiben; trotzdem trifft ihr Blick seine Augen in Ruhe und mit Gelassenheit.

– Was ist so wichtig daran? fragt sie. – Was willst du denn erklärt haben? Erzählen kann man viel. Mit Worten, das hat doch keinen Sinn. Zu begreifen gibt es da nichts. Der eine lebt so, der andere so.

Der Tänzer könnte antworten, daß er ja nicht nach Worten sucht, sondern nach dem Grund für die schwarzen Augen und die verschlossenen Gesten – doch er schweigt, denn er will sie nicht verlieren. Nicht nach einem Tag. Daß sie gehen kann, daran zweifelt er nicht. Die Grenzen zwischen Möglichkeit und Unmöglichem sind nicht weit gezogen. Er beginnt zu grübeln, wie er behutsamer und unmerklicher die Mauer zwischen ihnen einreißen könnte.

Gegen alle erdenklichen Einwände aus seinem Munde ist es der Frau am Ende gelungen, den Tänzer zu morgendlichen Meditationsübungen zu überreden und dazu zwischen den Bäumen zu plazieren. Mit der zerstreuenden Heiterkeit, die er so liebt, hat sie sich geholfen und den Vorschlag durchgesetzt. Nun hat sie Freiheit zu einer Entdeckungsreise.

Der Tänzer hat nicht geglaubt, zu ruhigem Sitzen fähig zu sein. Die Wundertüte der wechselnden Gefühle, die sie in ihm bloßgelegt hat, und ihre Unberechenbarkeit haben ihn zu sehr in Atem gehalten. Er kämpft um die eigene Person, sobald er die Frau nur sieht und ihre Blicke ineinander fallen. Doch erstaunlicherweise gelingt es, den Geist zu beruhigen und auf die Bilder zu horchen, die aus dem Innersten aufsteigen. Die Trennung der Zeiten gelingt zum zweiten Mal.

Die Frau ist inzwischen im aufsteigenden Morgen verschwunden. Nach wenigen Schritten schon ist ihr die Katze begegnet, die wie jeden Morgen wachsam und unternehmungslustig ihr Jagdrevier durchstreift. Bereits vor Minuten hat das Tier die beiden Menschen gerochen und schleicht darum tief geduckt und mißtrauisch durch das Gras.

Doch ist der neue Geruch nicht unangenehm. Die Katze tastet sich weit vor und wagt sich letztlich näher, als sie sich je an die reglose Figur in der Mitte des Gartens zwischen den Bäumen wagen würde. Hört dann auch eine sanfte, lockende Stimme, die Zärtlichkeit verheißt. Ein Schatten nähert sich behutsam aus dem Himmel, beugt sich, und eine warme Hand streicht über ihre Nackenhaare bis zum Schwanz. Die Hand beginnt zu necken, schubst ein wenig – und ohne Mißtrauen spielt das scheue Tier mit dem fremden Menschen. Natürlich behält sie dabei immer einen Rest Aufmerksamkeit, der zur raschen Flucht Voraussetzung ist, auch als sie im Gras liegen, sich balgen und die Augen des Menschen keinerlei Gefahr andeuten.

– Wir mögen uns, sagt Ira leise in die aufmerksamen Ohren hinein. – Kommst du mit? Wir wollen sehen, was unser Freund macht.

Die Katze folgt ihr tatsächlich, und der Tänzer findet, als er aus sich selbst erwacht, vor seinen Augen Mensch und Tier in seltener Eintracht. Die beiden haben sich ihm vorsichtig genähert, wie einem Schlafenden, den man nicht durch eine unachtsame Bewegung schrecken will.

Iras Gesicht entbehrt, zum ersten Mal seit er sie kennt, jedes harten Zuges. Leise spricht sie auf das Tier ein, ihre Hände versinken im Katzenfell. Dann wenden sich ihre Augen dem Tänzer zu, ruhen wirklich einmal in Frieden auf ihm, und sie fragt: – Was hast du erlebt?

– Erlebt? fragt der Tänzer verwirrt zurück.

– Oder geträumt, sagt sie ungeduldig. – Es ist ja egal, wie du es nennst. Würdest du es vorspielen?

Des Tänzers Gedanken gleiten ab, und er begreift, obwohl er nicht begreifen will. Die Katze ist unter seinen Blicken unruhig geworden und entwindet sich Iras Händen, verschwindet hinter den Bäumen. Gleich darauf sieht das Paar sie über die Mauer springen.

– Wo kam die Katze her? fragt er wie zerstreut.

– Du lenkst ab, erwidert Ira lächelnd. – Du hast sie nie gesehen? Sie kannte dich. Sie hatte Angst vor dir.

Iras Augen senken sich auf die kleine Mulde niedergedrückter Grashalme, dort wo kurz zuvor noch die Katze gelegen hat. Geduldig wartet sie, daß der Tänzer sich auf ihren Wunsch besinnt.

– Vorspielen? fragt er ein wenig fassungslos. Es arbeitet immer noch in ihm.

– Warum denn nicht, sagt sie. – Hier formst du doch deine Geschichten.

– So einfach, wie du denkst, ist es nicht, weicht er aus.

– Versuch's doch. Vor mir brauchst du keine Angst haben. Ich bin nicht kritisch.

– Es ist nichts Schönes, sagt er.

– Trotzdem, sagt sie. Nicht aggressiv, sie hat nur das falsche, weil zu harte Wort gewählt, um ihrem Wunsch Ausdruck zu geben. Doch löst der Klang ihrer Stimme die im ‚Trotz' entstandene Spannung sofort wieder auf. Der Tänzer prüft, aber Ira weicht seinem Blick nicht aus. Sie fordert nicht, erwartet nicht. Sie hofft?

– Es ist schwer, versucht er noch einmal Verständnis zu wecken, obschon er weiß, daß er bereits verloren hat. – Es ist am Anfang, als würde man in einen Brunnen schauen. Man sieht da nur Oberfläche: Spiegel der Grasränder und des Lichts. Lange muß man da schauen, ehe der Blick tiefer dringt und die Achsen sich drehen. Tage muß man da warten, ehe sich aus Schatten und Licht eine Wirklichkeit tief unter der Wasseroberfläche zu bauen beginnt, einzelne Steinchen der Phantasie sich zu Türmen, Häusern und Straßen ordnen, zu einem Bild. Ehe der Brunnen zum Seespiegel und der Wind auf dem Wasser zur Bewegung unter dem Wasser wird. Dann erst zieht es unwiderstehlich ins Wasser hinein, plötzlich leben da unten Menschen, stehen Städte auf tiefstem Grund. Es ist weniger eine Sache der Phantasie als eine der Zeit.

– Du willst nicht, sagt sie.

– Das ist nicht wahr, erwidert er. – Ich versuche nur, Zeit zu gewinnen.

Beide lachen.

Vor allem wegen dieses gemeinsamen Lachens, das so anders gewesen ist als alle bisherigen Versuche einer gemeinsamen Heiterkeit, spielt der Tänzer Ira schließlich seine Geschichte vor, obwohl ihm die Zeit fehlt. Er spielt aus einer Hoffnung heraus, die er nicht mehr begreifen will. Der Zauberspiegel seiner Kunst entführt Ira für Minuten ins Niemandsland; und seine Geschichte erzählt von Angst und Gefahr, von Haß und Tod.

Ein Mensch kämpft darin mit einer riesigen Wildkatze um sein Leben. Überraschend hat ihn das schwere Tier aus der Dunkelheit angesprungen und ihm die Krallen ins Gesicht geschlagen.

Ira begreift das Spiel noch in den ersten Sekunden, noch als der Tänzer Mensch und Tier in Ruhe und Bedrohlichkeit getrennt und weit entfernt voneinander modelliert. Seine Glieder wandeln sich, wie es sein Geist befiehlt; Gegenstände und Requisiten tauchen aus dem Nichts hervor; der Tänzer schafft vor den schwarzen Augen eine neue Welt, die fast mit Händen zu greifen ist. Er wird Mensch und Tier zu gleichen Teilen, schließlich ein am Boden zuckendes, verschlungenes Knäuel Kreatur im Kampf ums Überleben. Er wandelt das Tier zum Menschen innerhalb von Sekunden und überwindet für eine winzige Ewigkeit Zeit und Raum.

Weder Tier noch Mensch, keiner von beiden, trägt letztendlich den Sieg davon, keiner kann den Gegner gänzlich abschütteln oder einen entscheidenden Vorteil erringen.

Als das Spiel auf dem Höhepunkt, in der Ausweglosigkeit, abrupt abbricht, verschlägt die vogelzwitschernde Wirklichkeit Ira den Atem – die Virtuosität im Spiel des Tänzers hat sie dessen Keuchen im eigenen Körper hören lassen; in ihr pumpen immer noch seine Lungen und fliegt immer noch sein Herz. Nach dem Bruch hört sie nur sein rasches Atemholen und wagt nicht, die Augen zu heben.

– Wie hat es dir gefallen?

– Weiß nicht, sagt sie.

Doch er gibt ihr keine Zeit: – Das kann doch nicht alles sein, sagt er, noch immer ein wenig atemlos.

– Perfekt, sagt Ira zögernd. Verzweifelt versucht sie sich seinem Tonfall anzupassen, diesem unmöglich spielerischen Ton. Ein Versuch, der scheitern muß, da solche Töne nicht zu ihrem Repertoire gehören, dieses leicht getragene, oberflächliche Spiegelgefecht der Worte um des Redens willen.

– Aber ich versteh ja nichts davon, vom Theater.

Ihre Stimme kippt, genau wie ihre Augen; die Hände verscheuchen wieder einmal das Haar aus der Stirn, in die es sich verbotenerweise gestohlen hat, und ruhen dann in der Mulde der untergeschlagenen Beine. Sie müht sich, nicht im Innersten getroffen zu sein.

– Warum hast du nicht zu Ende gespielt? Noch immer beherrscht sie die Töne nicht.

– Vielleicht kämpfen sie ewig, sagt er. Und nach einer kleinen Pause: – Wahrscheinlich sogar.

– Und die Schönheit? fragt sie.

– Schönheit? sagt er. – Sie waren doch beide schön. Ich weiß auch nicht.

Des Tänzers Blick kreist Ira ein, und er ergreift die Chance, die sich aus der Fassungslosigkeit ergibt, die sein Spiel bewirkt hat.

Mittlerweile hat Ira das Gesicht gehoben, und in ihren Augen steht nicht länger die gläserne Wand vor dem undurchdringlichen Schwarz.

– Du hast schon recht, sagt sie. – Diese wenigen Augenblicke der Flucht sind ein ganzes Leben wert. Du und deine Kunst, ihr seid eins.

– Was redest du immer von Flucht, fragt der Tänzer. Seine Stimme hat den spielerischen Ton verloren.

Ob er das wirklich nicht weiß? Erst will sie ihn anschreien: Begreifst du denn nicht, was du hier tust. Daß du dich aus der Realität zurückziehen mußt, jeden Tag einmal, mindestens eine Stunde, um weiterleben zu können – um dich leben zu können?

Doch sie weiß, daß sie dazu kein Recht hat und schluckt die aufkeimende Wut hinunter. Der Tänzer hat ihr seinen Ton und damit Vergessen geschenkt. Es wäre zuviel verlangt, wenn er auch noch ihren Zorn ertragen müßte. Sie schweigt.

Immer noch zögernd sickert Licht durch den bleischweren Morgenhimmel. Die Vögel sind verstummt. Die Welt reduziert sich auf ein Paar.

– Wo willst du hin? fragt er plötzlich.

– Ich? antwortet Ira verwirrt.

– Die Augen, deine Augen! sagt er. – Da verschwindest du wieder. Ich weiß, daß du erst dahinter beginnst, aber ich kann dich nicht finden. Was haben die Menschen dir getan, daß du dich so oft vor ihnen versteckst?

Der Tänzer fragt verzweifelt und bittend, da es ihm unerträglich ist, an ein Phantom gefesselt zu sein. Er will ihre Wirklichkeit besitzen.

Ira hat sich aus dem feuchten Gras erhoben, läßt noch einmal den kühlen Morgen, die erwachenden Bäume und Blumen und die alten Mauern an sich vorüberziehen. Dann schließt sie sich wieder, gleich einer Blüte im Abendwind. Die Hände kehren in die Hosentaschen zurück, und die Arme dicht an den schmalen Körper gepreßt, verschwindet sie durch den Mauerspalt auf die Straße.

Des Tänzers Augen haben sie nicht losgelassen; eine Antwort fordernd, sitzt er immer noch im Gras. Doch als die wieder auf der Mauer aufgetauchte Katze Iras Lächeln gewonnen hat, während er selbst in die Statistenrolle stürzt, da springt er auf und rennt ihr hinterher.

In ihren Augen steht, zum ersten Mal seit sie sich kennen, unvorstellbare Unsicherheit, dazu die Bitte, eine Antwort nicht zu verlangen. Aber sofort, als sie sich von des Tänzers Blick getroffen fühlt, verblaßt verlegen diese Bitte, als habe sie sich bei einem Fehler ertappt.

Schweigend geht das Paar durch die Gassen, an deren Rändern sich die Ruinen einer nächtlichen Traumwelt vergeblich dem Himmel entgegenstrecken.

Ira begreift, daß sie den Tänzer heute noch verlieren wird, wenn sie nicht deutlichere Konturen annimmt. Sie sieht in seinen Augen, daß ihm Schemen und Augenblicke nicht genügt haben, liest seinem verkrampften Munde ab, daß er zu ängstlich ist, ein zweites Mal zu fragen. Und in dem ganzen Dilemma von Verlust und Nichtbegreifen, dessen Schatten in diesem Manne neben ihr herlaufen, ist in ihr etwas zerbrochen. Und sie entschließt sich, der Vernunft zum Trotz und alle selbstgesetzten Regeln mißachtend, den Streich des Innersten, die Herrschaft der Gefühle, zu akzeptieren und damit zu experimentieren; sie schreitet über die in der vergangenen Nacht qualvoll markierte Grenze hinweg.

Vielleicht ist es im letzten Jahr auch einfach zuviel geworden. Unvermittelt platzt ein Orkan los. Die Hände fliegen aus den Taschen und zerschneiden die Luft. Die Wut vieler Monate strömt ungehemmt, da die Dämme mit ihren Schleusen einmal eingerissen sind, aus ihr heraus. Und dem Tänzer, jetzt Zuschauer, der vergessen und fast unsichtbar neben ihr hergeht, wird unbehaglich zumute angesichts der Eruption, als deren Auslöser er sich fühlen muß:

– Was sie mir getan haben, die Menschen? Schau dich doch einmal um!

Iras Arme beschreiben einen weiten Kreis. Die reduzierte Mimik und die verhaltenen Gesten, die sie bislang vorgeführt hat, brechen auf: – Sie töten und töten und haben noch nicht genug! Ersticken die Städte in Bonbonfarben der Neonlampen und Leuchtreklamen. Erdrosseln die Menschen in Fabriken, an Bändern, die stumpf und ungefährlich machen. Wo ist denn bei denen dein Ton? Sag mir das! Da wird doch jede Scheußlichkeit akzeptiert, wenn nur alle drei Jahre ein neues Auto vor der Tür steht. Nennenswerte Gefühle gibt es bei denen nicht mehr. Und immer sind die anderen schuld, was auch passiert. Die Roten, die Gelben, die Schwarzen. Aber auf jeden Fall die anderen. Verlogen ist das, es kotzt mich an! Und überall, an jeder Straßenecke, lauert der Tod: Irgendeiner, der das alles nicht mehr aushält und jetzt das kaputtmacht, was ihn kaputtgemacht hat. Noch nie waren die Irrenanstalten so voll mit den lebendigen Beweisen unserer heiligen Gesundheit. Ich tu da nichts dazu und muß trotzdem Angst haben. Und wenn du dann durch diesen Mist watest, allein in einer Stadt, in der sich die Welt angeblich trifft, eine schöne, bunte Welt, ja – und wenn du dann siehst, woher die Scheiße wirklich aufsteigt, wie sich jeder einzelne über sein Leben belügt und an seiner Selbstgerechtigkeit fast erstickt, sich wundert, daß die Zeitgenossen wieder Bomben bauen, während er doch nur seinen Nachbarn nicht mag und dem, wo er nur kann, ins Gesicht spuckt – und wenn du dann die Wahrheit hörst, die dir jeder entgegenleiert –, dann mußt du doch anfangen zu schreien! Dann muß man doch fort wollen! Ja, erst will man ändern, mit den Menschen reden und vermeintliche Irrtümer aufklären, weil man ja daran glaubt, daß kein Mensch absichtlich und vorsätzlich dumm ist. Schlecht schon – aber dumm doch nicht. Und du kommst daher und redest von Harmonie. Dein Ton! Aber sie lieben ja ihre Irrtümer, man darf sie ihnen auf keinen Fall stehlen. Sonst schlagen sie erbarmungslos zu. Man darf sie nicht ein Mal in ihrem armseligen Leben vor das absolute Nichts stellen und einen Neuaufbau fordern. Alles andere ja, aber das nicht! Da muß man doch zynisch werden, bissig. Anders geht es doch gar nicht mehr. Man kritisiert nicht mehr, sondern heult mit ihnen und lacht sie dabei aus. Spielchen spielen und anlügen, das kann man noch machen. Doch irgendwann wird auch das langweilig. Man kotzt, wenn man sich im Spiegel ansieht. Man sagt nur noch, macht was ihr wollt, aber laßt mich dabei in Ruhe. Man wird gleichgültig und ruht aus von den schönen Idealen. Meine Sache sind sie nicht mehr.

Ira schöpft Atem, doch noch ist sie nicht fertig. Sie hat den Tänzer völlig vergessen. Ihre Worte gelten der unendlich um ihr Licht kämpfenden Sonne: – Du verschwindest auf Zeit in deiner Kunst, sagt sie, – wenn dir das reicht, dann ist das gut für dich. Ich aber will ganz weg, verstehst du, nicht nur für ein paar Stunden. Sollen sie doch ihren Kram alleine machen, wenn sie mich nur in Ruhe lassen. Aber immer noch versucht man, in mich hineinzubohren, mich einzuordnen und lebenslänglich zu konservieren. Und ich kann nicht fort! Verstehst du denn nicht, daß ich meine Gefühle meiden muß; sonst würde ich mich umbringen. Aber ich will mir auch nicht einbilden, in dieser Stadt glücklich werden zu können. Das wäre der erste Schritt in den Käfig. Ich will meine Flügel behalten! Ich darf mich nicht vergessen! Ich will nicht resignieren, ersticken in einem Menschen, der mir für kurze Zeit Unterschlupf gibt, wie du das tust. Auch in dir nicht. Du bist nicht ich. Wir sind zwei! Und ich will fort. Darum arbeite ich auch da, wo es weh tut.

Denn ich brauche Geld. Und ich kann gerade mir selber helfen, niemandem sonst.

Und mit einem letzten Rest Trotz sagt sie in seine Augen:
– Das bin ich. Zufrieden?

Sofort, da sie sein Gesicht absucht, weiß sie, daß es nicht gut gewesen ist, so weit zu gehen.

– Wohin willst du? sieht sie seine Lippen fragen.

– Was weiß ich. Auf einen anderen Stern, einen anderen Erdteil. Eine fremde Sprache macht es vielleicht einfacher.

Wieder dieses schwache Lächeln. Der Tänzer hat nicht geglaubt, daß sie so lächeln kann, fast ein bißchen wehmütig. Sie wird nicht zu halten sein, das weiß er jetzt. Aber wohin will sie?

– Ein neuer Anfang unter anderen Menschen, sagt sie.
– Irgendwo, irgendwann glücklich sein.

Des Tänzers Hand verkrampft sich. Ira bemerkt, daß er etwas sagen will; Finger für Finger gleitet unerbittlich aus ihrem Griff, und er sucht die Berührung nicht wieder.

– Mußt du denn immer noch etwas sagen? stößt sie voller Angst hervor. – Kannst du nicht einmal deinen Mund halten? Ich will mich mit dir nicht streiten. Ob ich recht habe oder nicht, ist nicht wichtig. Es ist vorbei.

Der Zorn hat sie noch einmal leergebrannt; aber in den Trotz mischt sich stärker und deutlicher ein schon lange überwunden geglaubtes Gefühl: Traurigkeit. Und ihre Stimme ist leise geworden, kann die Worte nur noch mit Mühe stützen. Ira begreift nicht, was in ihr vorgeht, bis die ersten Tränen nasse Spuren auf ihren Wangen hinterlassen.

Der Tänzer ist unfähig zu helfen oder einen, wenn auch zaghaften, Widerspruch zu wagen. Er weiß, daß sie Wahrheiten ausgesprochen hat, die für sie gelten und die von niemandem in Frage gestellt werden dürfen. Außerdem hat er noch nie, schon als Kind nicht, überzeugend zu lügen vermocht oder echten Kummer trösten können.

So hält er sie nur an den Schultern fest, ihren willenlosen Körper zu seinen Augen gedreht, damit sie, fast blind durch einen Schleier von Tränen, ihn endlich wieder wahrnimmt, und küßt ihr, so gut es gelingen will, die Tränen fort. Er findet weder ehrliche noch passende Worte. Er kann ihr kein Wort sagen, das für sie gültig ist – aber so ist es mit ihr ja schon immer gewesen. Der Tänzer wird zum Pantomimen. Arm in Arm mit einer Frau, deren Tränen seit langer Zeit darauf gewartet haben, strömen zu dürfen, und die jetzt endlich fließen – wie der Winter, der im Frühling zu Wasser zerschmilzt.

Der Tänzer sucht ihre Augen und findet sie nicht. Eine Ewigkeit stehen sie stumm auf der Straße des jahrhundertealten Dorfes, bis auf die perlenden Tränen ohne eine Bewegung. Und der Tänzer glaubt nun den Augenblick, der zwischen ihm und ihr stillstehenden Zeit, den er vor dem Café einmal wahrgenommen hat, wiedergefunden zu haben.

Doch plötzlich windet sich Ira aus seinem Griff, murmelt etwas und verschwindet in einer Seitengasse.

– Das ist ja nicht zu fassen, sagt der Tänzer, denn er hat geglaubt, nach ihrem Ausbruch seien alle Probleme, da endlich offenbar, zu lösen.

Vertrauen gegen Vertrauen – und man braucht nur noch die Tränen abzutrocknen. Dabei hat er noch gar nicht darüber nachgedacht, was sie da alles gesagt hat.

Iras letzte Tränen sind schnell versiegt, als sie sich vom Körper des Tänzers gelöst und die Luft in raschen, befreienden Zügen eingesogen hat. Das Unnötigste des Unnötigen: Sie will sich nicht wieder an einen Tröster gewöhnen. Am Ende ihres Schreies, als die Hände in die Hosentaschen zurückkehrten, hatte sie die Tränen schon gespürt. Nun grübelt sie, wie es soweit hat kommen können.

Denn sie steht nicht mehr auf vertrautem Boden, hat für den Tänzer, zum Dank, ein Bild gemalt. Sie weiß nicht, ob die Tränen dazu gehören oder zu seiner hilflosen Reaktion auf dieses Bild – oder ob sie dem Schrecken entsprungen waren vor dem, was der Tänzer in ihr auszulösen vermochte, ohne daß sie noch Einfluß darauf gehabt hätte: den längst überwunden geglaubten Zynismus, den sinnlosen Kampf um die Kompromisse, eine tragfähige Basis für sie und ihn. Sinnlos, weil sie sich in der nächsten Stunde doch nicht daran halten würde. Und je schneller sie geht, um so mehr Gedanken bedrängen sie, bis sie sich endlich allen einströmenden Bildern verweigert und damit die Angst eindämmt.

Unschlüssig, ob er hinterherlaufen soll, steht der Tänzer mitten auf der Straße und glaubt noch ihren Atem zu spüren. Augenblicke später sieht er eine einsame Gestalt dem Stadttor zustreben, das den Ortsausgang markiert. Zum zweiten Mal an diesem Morgen muß er sich mühen, sie einzuholen.

Noch bevor seine Schritte an ihre Seite gefunden haben, gewinnt Ira endlich Gewalt über das Chaos. Er hatte durch seine Fragerei die Unordnung geradezu provoziert, Erinnerung heraufbeschworen, hatte sie gezwungen zu benennen, was sie ekelt. Ihr heutiges, mühsam zusammengekämpftes Ich ist dabei von einer Riesenwelle geballter Vergangenheit erfaßt und überrollt worden. Herausgespült wurde eine zwischen Vergangenem und Zukünftigem zerquetschte Person, die mit ihr nur den Namen gemein hat: Ira. Sie hätte niemals, vor allem nicht dem Tänzer zuliebe, ihre Grenzen übertreten dürfen. Nicht eines Menschen wegen.

Daß sein festgefügtes Weltbild zersplittert ist, ist offensichtlich – sie malt die Menschen mit einem härteren Stift, in anderen Farben und mit kantigeren Formen. Diese Perspektiven wären des Tänzers Tod, das hat sie begriffen. Dächte er ihre Gedanken, würde der Künstler zerplatzen wie eine Seifenblase, und je tiefer er in sie eindränge, desto härter führte er einen Stoß gegen sein Selbst; er dürfte nicht einmal versuchen, sie zu verstehen. Helfen kann er nicht. Warum hat er nicht schon nach dem ersten Gespräch diese Gefahr erkannt. Warum geht er immer noch neben ihr her und versucht, seine Gedanken zu ordnen.

Sie jedenfalls hat Ordnung in dieses Durcheinander von Gefühl und Vernunft gebracht. Das Pathos der Tränen wischt sie jetzt endlich fort; sie ist bereit, die Gefahr, die sie für beide zu sehen glaubt, laut auszusprechen.

Doch kann sie nicht verhindern, daß ihre Mitteilung zur Aggression mißrät. Die Augen, vor Minuten noch voller nie für möglich gehaltener Tränen, stehen jetzt in Flammen. Der Ärger gilt mehr den eigenen Gefühlen, den Stichen, die sie bei seinem Anblick immer noch spürt. Doch davon weiß der Tänzer nichts. Auch nicht, daß Ira sich selbst im Weg steht, da der rote Faden, an dessen Ende sie ihre endgültige Freiheit vermutet, scheinbar mitten durch seine Leiche läuft.

– Nein, sagt sie. – Wir haben nichts miteinander gemein. Es funktioniert nicht.

Auch wenn der Wortlaut so gar nicht seinen Hoffnungen entsprochen hat, ist der Tänzer doch froh, ihre Stimme zu hören.

– Was hat es denn für einen Sinn? redet sie weiter, – wir werden uns nicht verstehen. Und du wirst an mir nicht klüger.

Das klingt für den Tänzer ebenso bitter wie endgültig. Er versucht weiterhin das Puzzle zu ordnen, legt die Steinchen der vergangenen zwei Tage zu dem Bild dieses Morgens dazu und sucht verzweifelt nach einem Verbindungsstück. Er sucht nach seinem Fehler. Er hatte doch nichts gegen sie eingewendet – hätte es können, hat es aber nicht getan. Er ist ja nicht einmal dazu gekommen.

Der Tänzer glaubt nicht, daß dieses Chaos in seinem Kopf, diese schwirrenden Absurditäten, alles ist, was man mit einem Blick in ihre ohne Angst bereitwillig geöffneten Augen sehen kann. Er hatte schon einmal auf den Grund sehen können, so glaubt er. Irgendwo muß eine Tür hinter diese kontrollierten Gefühle führen, die sie nicht öffnen kann – durch die sein Ton in die Augen geflohen ist, bevor er erfor.

Wie weit scheint das zurückzuliegen! Und doch jagt der Tänzer quer durch Iras Seele unnachgiebig das Phantom der Harmonie: – Ich sehe das nicht ein, kommt es trotzig aus seinem Mund. – Vielleicht weißt du selbst nicht, was du bist.

Er hat ein Bild, schreit es in ihr. Dem Bild jagt er nach, und ich kann noch so groß vor ihm stehen und ihm ins Gesicht spucken – selbst dann glaubt er mir nicht. Selbst dann behauptet er noch, daß ich es nicht bin. Wer dann? ‚Aber so kannst du doch nicht sein!' würde er sagen, ‚denn so habe ich mir dich nicht vorgestellt'.

Nicht einmal beleidigen kann sie ihn. Es kocht über in ihr. Sie schreit auf den Tänzer ein, verflucht den Moment des ersten, bewußt verschränkten Blickes, die Minute der Hoffnung. Vergißt seine Hilfe, hat vergessen, daß sie um dieser Hilfe willen die Gefahr, die beiden droht, in Ruhe hat erläutern wollen.

Sie nennt ihn schlimmer noch als alle anderen, erstickt seine Rechtfertigungsversuche. Ihre Augen sprühen schwarze Funken. Sie behauptet, er sei ein hirnloser Egoist auf der verrückten Suche nach Menschenbildern, die für Geschichten taugen. Ira zerreißt die Kraft, die den Tänzer zum Erbauen neuer Welten befähigt, vor dessen Augen in tausend Schnipsel, die wild zu tanzen beginnen. In ihrem Zorn vergißt sie das ihr so Selbstverständliche: Daß jeder so leben mag, wie er glaubt leben zu müssen, um glücklich zu sein – vorausgesetzt, dieser Jedermann hält sich fern.

Und nach dem Schwall von wirren Beschimpfungen erstarrt sie und läßt den Tänzer zum bedeutungslosen Ding schrumpfen. Doch gelingt es ihr nicht, ihn in die Sphäre des Gleichgültigen zurückzustoßen.

Während das Paar in einträchtigem Nebeneinander auf den Bus wartet, der sie zurück in die Stadt bringen soll, schrillen alle Alarmglocken ihres zerstörten Ichs. Sie kann in seiner Gegenwart einfach nicht mehr schweigen.

– Das muß aufhören, sagt sie. – Ich weiß nicht, was du in mir anrichten kannst.

Die Busfahrt hat Ira wieder zu sich gebracht. Ihr Blick fällt aus dem Fenster und freut sich an der Regelmäßigkeit, mit der die Pfähle, die den Straßenrand säumen, vorbeifliegen. Die vorüberhuschende Landschaft, das fortwährend Neue, das sich trotz eigener Bewegungslosigkeit ständig einstellt, fasziniert sie: Ein Baum, ein Strauch – alles huscht an den Augen vorbei. Vorbei, vorbei – und Gott sei Dank nicht für die Ewigkeit.

– Ist das so schlimm? fragt der Tänzer.

Lange hat es gedauert, ehe er eine Antwort bekommen hat.

– Es ist eine Katastrophe, erwidert sie, ohne die Position ihres Kopfes oder der Augen zu verändern.

Gerade diese Katastrophe, die für den Tänzer das natürlichste der Welt ist, die erst seine Phantasie blühen und ihn den Atem anhalten läßt, dieses Wort dafür bringt ihn das erste Mal an das Ende seiner Geduld: Sie hat den Faden ausgemessen.

Doch noch ist er gebunden. Er versucht, die Hemmung mit einem Wort zu belegen – übrig bleibt: Liebe.

Vielleicht.

Ihr Zorn, der ihn seiner Meinung nach unschuldig getroffen und abgeurteilt hat, verletzt ihn, so sehr er sich auch einredet, daß in keinem Falle seine Person, sondern vielmehr die Menschen im allgemeinen gemeint sind und er, der Tänzer, als der nächste greifbare Vertreter dieser Gattung hat herhalten müssen.

Doch all seine Versuche, ihren Zorn zu verallgemeinern und damit dem Stachel in der Wunde die Spitze zu nehmen, beruhigen und überzeugen seine aufgewühlten Gefühle und, vor allem, seinen Verstand nicht mehr. Ihr Urteil war ungerecht und bar jeglicher Rechtfertigung.

Wieder in der Neonstadt, trennen sich Ira und der Tänzer auf einem der Boulevards mit Hilfe einiger Floskeln. Die parodierende Geschicklichkeit im Umgang mit gesellschaftlichen Konventionen hat der Tänzer noch nicht gänzlich verloren. Iras Augen schauen gelangweilt, als er fragt, ob sie sich am Abend wiedersehen werden. Trotz des verletzten Stolzes zwingt die Gleichgültigkeit, die sie in Mimik und betont lässigem, halb abgewandtem Stehen zur Schau trägt, den Tänzer zu dieser Frage.

Ein Funke Trauer – oder besser: Mitleid – wächst für Sekunden im Schwarz. Sie antwortet, sie wisse nicht genau, nennt ihm einen Ort und eine vage Zeit: – Vielleicht, betont sie.

Abrupt dreht er sich um und läßt sie in der Aura der Interesselosigkeit stehen. Ira hat den Tänzer im Gewühl der aus allen Häusern drängenden Menschen nach wenigen Metern aus den Augen verloren.

8. Szene:

Winterzeit

Stunden des Mißtrauens liegen hinter dem Tänzer, Stunden des Nichtwissens und der Orientierungslosigkeit. Die Welt ist ihm aus den Fugen geraten.

Nun sitzt er wieder im Jazzkeller – was für ein endloser Kreislauf – vor einem Glas Bier, hinter Rauchschwaden und mitten in lauter Musik. Er läßt die Augen über die eingehüllte, angedeutete Individualität ringsum gleiten und vermißt dabei auf schmerzliche Weise die keimende Neugier, die das Unbekannte bislang in nächster Nachbarschaft begleitet hatte. Das Geheimnis in den Köpfen der anderen, die sich über die Tische beugen und sich austauschen, dieses Geheimnis, das bisher jeden Angriff der Einsamkeit ferngehalten hatte, so daß er stundenlang allein und doch vergnügt an einem Tisch sitzen konnte – das alles scheint verloren seit dem Einbruch der Dunkelheit, seit er auf sie wartet.

Er denkt, daß sie ihn zerstören kann – vielleicht nicht mit Absicht, aber zerstören. Jeder vernünftige Mensch wäre mit diesem Wissen aufgestanden und nach Hause gegangen, nachdenklich, doch froh, davongekommen zu sein. Oder er hätte eine Kneipe gesucht und sich sinnlos betrunken – doch er hätte sich gelöst. Nicht so der Tänzer: Er hockt in dieser Bar herum und schreckt jedesmal zusammen, wenn die Tür schlägt, in Hoffnung und Angst, Iras Augen zu treffen.

Er denkt, daß Ira einfach erscheinen muß, nur das eine Mal noch. Wenn nicht, dann wird er vielleicht im Alkoholexzeß versacken, dann hat wieder sie entschieden, und er hat ein letztes Mal zu reagieren. Wieder quietscht die Tür in ihren Angeln, ein Geräusch, das selbst die Jazzband nicht totmusizieren kann. Holz schlägt aufeinander, und mit jeder Faser seines Körpers wendet sich der Tänzer der Türe zu.

Die wenigen Meter Luft bis dorthin hat der Rauch vieler Zigaretten vernebelt, sie lassen sich von seinen angestrengt starrenden Augen kaum durchdringen.

Wieder eine andere Frau.

Blonde Haare, blaue Augen, ein etwas zu breiter Mund, doch eine feine, fast klassisch geformte Nase. Das Gesicht verharrt sekundenlang im Eingang und tastet die Menschen ab. Warum nur gilt der erste Blick des Tänzers den Augen? Warum dem Gesicht und nicht der Brust, dem Körper?

Sie sucht die vordersten Tische nach einzelnen Männern ab. Dieses Abtasten ist geübt und geschieht in Sekundenschnelle. Ihre Augen streifen auch den Tänzer, der weiß, was sie sucht. Seine nächtlichen Streifzüge durch die Lokale dieser Stadt haben ihn häufig mit solchen Frauen zusammengeführt.

Jäh ist sein Interesse an den Geschichten der Neonstadt zurückgekehrt, als sie sich allein an einen Tisch in seiner Nähe setzt und einen Kaffee bestellt. Er erwidert ihren freundlichen Gruß, der seine Augen trifft. Noch taxiert und mustert sie, was das Lokal an Männlichem zu bieten hat. Sie hat noch nicht gewählt.

Der Tänzer wittert seine Geschichte, eine von der Art, die wahrzunehmen er sich bislang immer geweigert hatte. Heute wird er zugreifen, hinschauen – gespannt auf das, was sich innerhalb der nächsten Stunde abspielen wird.

Eine Hand legt sich so schwer auf seine Schulter, daß sein Kopf jäh hochfährt – seine Augen treffen Iras schwarzen Blick: Sie ist doch noch gekommen, hat wider Erwarten Wort gehalten. Gerade im falschesten Augenblick, als er sich vielleicht schon gelöst hat, ist sie wieder da. Er entdeckt den Spott in den Augenwinkeln und folgt dem Wink ihres Kopfes: – Stör ich? fragt sie spröde statt einer Begrüßung.

Wider Willen steigt ihm das Blut ins Gesicht. Obwohl da doch kein Vertrauen enttäuscht werden konnte und nichts verboten gewesen ist. Noch immer kann sie mit seinen Gefühlen jonglieren.

– O nein, ich denke nicht, gibt er betont lässig zurück.

Ira setzt sich an seinen Tisch, peinlich bemüht, ihm nicht die Sicht auf die blonde Frau zu versperren. Nach einer kleinen Pause nippt sie an seinem Glas und lächelt schwach: – Schon wieder auf Menschenjagd? fragt sie.

Gerade aus ihren Augen hätte er sich einen anderen Blick gewünscht. Er schluckt den Ärger über ihr, wie er glaubt, eindeutig eifersüchtiges Verhalten und sucht nach einer Antwort.

– Ich jage nicht, sagt er dann.

– Nein?

– Nein! sagt er mit Nachdruck. – Sie interessieren mich.

– Wo ist da der Unterschied? fragt sie.

– Das Gefühl macht da den Unterschied, behauptet er. – Die Zuneigung.

– Aha, antwortet sie. – Die Menschenliebe also. Dabei neigt sie den Kopf und taxiert die Frau am Nebentisch. – Wirklich nur Interesse? fragt sie dann.

– Was willst du denn hören? greift er plötzlich an.

– Ich? Nichts, gibt sie lässig zurück.

– Ich kann es Dir ja noch einmal erklären, versucht der Tänzer sich erneut. – Es geht doch gar nicht um die Frau. Die Geschichte interessiert mich: Daß da ein Mensch sitzt und sich einen anderen für die Nacht einfangen will. Ich habe es ihr sofort angesehen, als sie hereinkam, an der Routine im Blick. Noch während diese Frauen das Lokal betreten, taxieren sie schon und wählen unter den einsam herumsitzenden Männern aus. Am Tisch kommt es schnell zu ersten Zärtlichkeiten oder wie man das sonst nennen soll. Und immer wirken die Frauen sicher und ausgeglichen, während die Männer häufig unentschlossen aussehen. Für eine Nacht ist beiden damit gedient, daß sie am Ende miteinander ins Bett steigen, wenn die Lokale schließen. Wahrscheinlich ist es Bedürfnisbefriedigung, nicht mehr. Beide wollen nicht mehr voneinander als eine Nacht. Immer das gleiche Spiel. Wie fühlen die sich wohl dabei? Kannst du mir das sagen?

– Wenigstens sind sie sich einig, sagt Ira. – Laß sie doch zufrieden. Diese Frauen gehen dich nichts an.

Ihr Blick liegt kalt auf ihm; sie will sich distanzieren.

Wann wird der Tänzer für den Morgen zurückschlagen? Sie fragt sich, was er in ihr noch anrichten kann.

– Sie sitzt noch allein, stellt Ira auf einmal fest.

– Ich weiß, gibt er zurück. – Ich würde nur gern einmal mit ihr reden.

– Soll ich wieder gehen? fragt sie trocken.

Sie greift noch einmal zu seinem Glas, ohne ihm ihr Gesicht zu zeigen. Soll doch er den Schlußstrich ziehen. Dabei hat sie sich so vor dem Mitleid mit seinem Gesicht gefürchtet. Umso besser, wenn er sich jetzt wehrt und versucht zu verletzen.

Der Tänzer blickt auf, von diesem Angebot erstaunt. Es gelingt ihm zu erfassen, mit welcher Intensität und auf welche Art die Frau zwischen ihnen steht: Er will verletzen, Ira endlich zu einem Eingeständnis der Abhängigkeit, des Gefühls zu einer Person, zwingen, sie darauf stoßen, daß sie nicht umsonst zwei Nächte lang sein Zentrum gewesen ist. Doch hat sie nicht wie eine in ihrer Wertigkeit gekränkte Frau reagiert. Er hat den ersten Eindruck falsch eingeschätzt – sie ist nicht eifersüchtig.

Ihre Augen liegen einfach kalt auf seinen Schultern. Ohne einen Anflug von Zorn hat sie gefragt, ob sie wieder gehen soll – einfach fort – und hat damit zwei Tage außerhalb der Zeiten einfach vom Tisch gewischt. Warum fühlt sie das nicht? Seine Hand greift nach ihrem Haar, doch sie weicht aus. Der Tänzer kann nicht mehr zurück. Kein zorniges Echo auf seinen billigen Trick, nur das – Tu, was du willst.

– Ich begreife dich nicht, sagt er. Und nach einer kleinen Pause: – Ich will ja nicht, daß du gehst. Wenn du dich für eine Viertelstunde an die Theke setzen würdest, das genügt.

So sag doch nein, ist denn das so schwierig, haben seine Augen gebeten. Ausgesprochen hätte er es nicht.

Iras Mund lächelt. Sie räumt mit gleichmäßigen Bewegungen ihren Platz, ihre Gedanken spielen mit der Möglichkeit, endgültig zu gehen. Doch noch fesselt sie ein Faden, eine nicht eingestandene Neugierde auf die nächste Stunde. Sie setzt sich tatsächlich an die Bar und versinkt in einer Welt, aus der nichts als reine Kälte nach außen dringt. Im Spiegel eines Bierglases sucht sie nach dem Grund, der sie gehalten hat – noch begreift sie sich nicht ganz. Fahrig schiebt sie das Haar aus dem Gesicht. Wenn die Erde doch Rauch und Lärm schlucken würde, wenn sie doch einmal laut schreien könnte: Haut endlich ab! Die vor dem Tänzer mühsam aufrecht erhaltene Ordnung des Tages ist schon wieder in tausend Stücke zerbrochen – wie sie diese endlosen Wiederholungen ihres Selbst haßt. Immer im Kreis. Eine halbe Stunde Kontakt mit dem Tänzer versetzt sie in eine traumatische Angst um das eigene Ich und Werden, das allen selbstgesetzten Grenzen spottet.

Sie schaut zu des Tänzers Tisch; die blonde Frau sitzt schon dort, wo eben noch sie gesessen hat. Die beiden unterhalten sich, im wahrsten Sinne des Wortes, glänzend. Der Tänzer gibt sich Mühe zu faszinieren – genau wie an ihrem ersten Abend in diesem verrauchten und hektischen Keller, in dem sich alle Augenblicke ein Körper vorüberdrängelt und die Musik zu laut von den Wänden widerhallt. Und doch war es so anders gewesen, daß es nicht mehr in die Zeit zu passen scheint. So anders, weil es der Abend nach ihrem letzten Arbeitstag gewesen war, ein Abend, an dem sie unter Menschen Vergessen gesucht und unerwartet auch gefunden hatte. Da war sie sicher gewesen, den Tänzer benutzen zu können, zu spielen, die Kontrolle zu behalten. Doch hatte er sie in den Bannkreis außerhalb der Zeiten gewoben, in ein Netz, das sie einfach nicht ertragen konnte.

Grazil spielt der Tänzer nun für die blonde Frau an seinem Tisch die gleichen Geschichten aus, demonstriert Stärke und Unabhängigkeit vor Iras Augen, um eine Grenze aufzuzeigen und die Öffnung zu erzwingen. Kein Mensch läßt sich grundlos schlagen. Er spielt mit ihr.

Obwohl er kein Spieler ist, sucht er nach dem Morgen eine Entscheidung – und sie fürchtet sich vor dem Handeln, weil sie Angst vor der eigenen Unberechenbarkeit hat. Sie wird sich selbst zum Rätsel!

Der Tänzer spielt!

Schon seit einem halben Jahr hat ein spielender Mann sie nicht mehr als ein Lächeln gekostet. Jedes Mal ist sie aufgestanden und hat sich unbeeindruckt entfernt, nach wenigen Minuten schon.

Jetzt sitzt dieser Tänzer dort am Tisch bei einer blonden Frau, die sich eine Nacht, nur eine, von ihm wünscht, als sei er austauschbar. Und er gebärdet sich, als wolle er ihr diese Nacht tatsächlich schenken.

Er hat auch dieses erloschene Herz ohne Mühe gewonnen, weil er sich seiner Stärken bewußt ist und vor jeglicher Unberechenbarkeit sicher weiß, die ihn ihr gegenüber immer verkrampfen läßt.

Aufstehen und gehen! Schon nach den ersten Minuten. Wie simpel klingen die Worte der Vernunft in Iras Ohren. Sie erblickt ihr Bild in einem Spiegel über der Theke und erschrickt über den Ärger in ihren Zügen, entdeckt mehr noch als Ärger, entdeckt Traurigkeit. Ihre linke Hand tastet diese unbekannten

Furchen ungläubig ab, und sie versucht in das Spiegelbild hinein ein Lachen: Wie leicht würde es ihr fallen, dem Tänzer weh zu tun, wenn er sich wehrt – so hat sie einmal gedacht. Was für ein Unsinn! Denn nun kämpft der Tänzer gegen die Beschimpfungen des Morgens, und sie erträgt es nicht. Er kann sie traurig machen.

Iras Hände greifen nach dem Glas, das vor ihr steht, wie nach einem Rettungsanker. Sie hat sich vom ersten Augenblick an in den Tänzer verloren, kein Grenzstein ihres Ichs hat ihm standgehalten. Und nun bietet er all seine Grazie für eine andere Frau auf – um ihr eben dies zu zeigen. Und sie hat nicht geglaubt, bis zu eben dieser Stunde, daß so etwas aus dem Boden dieser Stadt, aus der Wüste, hätte wachsen können. Eine neue Hürde zwischen Vergangenheit und Zukunft.

Sie muß fort, noch in den nächsten Tagen, denn die Gesichter in den Cafés sind einander zu ähnlich geworden. Sie hat sich an die Straßenecken und Neonlampen gewöhnt, auch daran, daß immer die gleichen Leichen ihren Weg kreuzen und daß sie Gefahr läuft, die Toten wiederzuerkennen. Vielleicht ist sie für manchen Kneipenwirt bereits zu einer festen Größe in der abendlichen Abrechnung geworden, einer Größe, nach deren Erscheinen man die Uhr zu setzen beginnt. Sie schaut sich um und glaubt Gesichter zu erkennen, fürchtet, im nächsten Augenblick werde ihr irgendeiner zum Zeichen flüchtiger Bekanntschaft zunicken. Sie fürchtet sie, die Verbündeten der Nacht. Der Tänzer ist bereits eine feste Größe des nächtlichen Treibens – und sie wird durch ihn, mit ihm, das gleiche Schicksal erleiden. Zu lange wohnt sie schon in dieser Stadt.

Die eben erst eingestandene Abhängigkeit gilt es zu lösen, bevor alles zu spät ist. Der Tänzer hat den letzten Dienst erfüllt, indem er sie über sich selbst staunen machte. Ira sucht mit verwunderten Augen sein Profil nach ihren Spuren ab.

Bei einer schnellen Bewegung, einem Blick halb über die Schulter, ist der Tänzer diesen Augen begegnet und vor diesen pechschwarzen Pupillen erschrocken, die ihn mustern, als seien sie unentschieden, was sie spiegeln sollen: Entsetzen oder blankes Nichts. Schwärzer mit jeder Sekunde, leeren sie jede Empfindung aus. Ira taucht hinab in ein Selbst, das Beziehungen zu anderen ausschließt. Sie forscht nach Veränderung und nach der Zweckmäßigkeit dieser Veränderung. Und sie findet keinen Sinn darin; darum erkaltet der Blick immer mehr. Sie sieht den Tänzer nicht, wird ihn vielleicht nie mehr sehen.

Ohne ein erklärendes oder entschuldigendes Wort springt der Tänzer vom Stuhl auf und hinterläßt einen wackelnden Tisch nebst einer verdutzten Gesprächspartnerin, deren Mund, gerade eben noch eine Bemerkung auf der Zunge, sich stumm wieder schließt. Ein Griff zur Zigarette ersetzt den nie ausgesprochenen Satz.

Der Tänzer erreicht Ira, ohne daß sie zu ihm aufgesehen hätte. Er packt sie am Arm und zerrt sie, Leute anrempelnd, aus dem Lokal. Erst die kalte Nachtluft weckt Ira, die sich bisher erstaunlicherweise nicht gewehrt hat, aus der Betäubung – die Katze findet sich auf den Füßen wieder. Mit einer raschen Bewegung reißt sie sich aus seinem Griff, und der aggressive und dabei distanzierte Tonfall in der Frage, was das wieder für eine Idee sei, zeigt dem Tänzer, daß er sie verloren hat. Er hatte in ihren Augen schon Freude und Faszination für seine Welt gesehen, einmal auch etwas wie einen Funken, den die unvorsichtigen unter den Menschen Liebe nennen. Doch jetzt hat die Furcht vor sich selbst eine Kluft zwischen dem Paar aufgerissen.

Sie will kommen und gehen, wann es ihr allein richtig erscheint, will unabhängig sein, damit sie sich in dieser selbstgewählten Bindungslosigkeit jeden Tag neu die Illusion der

Freiheit bestätigen kann. Mit der Erkenntnis der Abhängigkeit hat der Lösungsprozeß begonnen. Die Festung ihres Gesichts schließt sich: Kein Lächeln scheint ihre Lippen mehr berühren zu können, vor allem kein Lächeln für ihn.

In ihrem Innern kämpft es noch. Die schmalen Wangen vibrieren unmerklich, doch darf nichts davon nach außen dringen – bis auf das Pechschwarz ihrer Augen, dieser Augen, die hoch über den Wangen thronen und das Gesicht beherrschen, dieser Augen, die schon ein Mal zum Verräter ihrer Seele geworden sind.

– Und nun? fragt Ira unbarmherzig.

Der fremde Ton ist doch noch da; sie muß ihre Stimme zum Äußersten zwingen. Ohne eine Berührung verhindert einfach des Tänzers Anwesenheit, sein Da-Sein, entschlossenes Handeln.

Der Tänzer ist zu Atem gekommen, versucht zu erklären. Doch versagt ihm beim ersten Anlauf die Stimme, und er muß Ira wortlos die Straße hinunter ziehen. Bewegung würde die Sprache zurückbringen. Er darf einfach nicht weiter stumm vor ihr stehen, ohne Hoffnung, die Kälte zu durchdringen.

Hupende Autos fahren dicht an dem Paar vorüber. Scheinwerfer tasten für Sekunden beide Gesichter ab und lassen die zwei Menschen in ihrem Sekundenlicht zu Marionetten erstarren, an deren Fäden jeweils der Partner spielen kann. Unter dem grellen Schein einer Laterne bleibt der Tänzer stehen. In Augenblicken versucht er in Iras Zügen Schwarz und Weiß zu trennen; dann löst sich endlich seine Zunge, um den in leeren Gesten versagenden Händen hilfreich zur Seite zu stehen.

Ira steht wie zum Duell gerüstet: Mit einer Hand streicht sie langsam das Haar aus dem Gesicht. Die andere ist tief in der Hosentasche vergraben. Mit jeder Faser ihres Körpers wehrt sie sich mit dem geringen Repertoire an Gesten, das sie benutzt, gegen seinen Anspruch. Sie wartet, ist mit einem

Schlage ganz ruhig, da sie weiß, daß er sich jetzt entscheiden wird.

– Ich liebe dich, sagt er.

Drei schmale Worte nur. Ist er sich der Komik der Situation bewußt? Seine Augen balancieren auf dem schmalen Grat, den jene drei Worte hinterlassen haben, zwischen Lächerlichkeit und Ernst – und sie stehen sicher.

Das ist so wenig, so anders als sie erwartet hat. Die Hand im Haar sinkt unendlich träge über Ohr und Hals, als müsse sie sich des Körpers versichern. Der Blick erlischt. Das Ich scheint zuzusehen, wie sich die Muskeln des Körpers entspannen. Ira dreht sich aus dem grellen Licht der Laterne fort zu einer Hauswand hin. Im Zustand völliger Klarheit über die notwendigen Handlungen und Konsequenzen, doch in einer unglaublichen Leere, die jedes Vorwärts oder Rückwärts ausschließt, wartet sie, daß wenigstens eine Verwirrung das Vakuum auszufüllen beginnt.

Der Tänzer hätte gerne gesagt, daß er ihre Schwierigkeiten ahnt und zu verstehen glaubt. Doch will keine der Floskeln den Wandel vom Vogelflug des Gedankens in gesprochenes Wort wagen. Dabei befindet er sich in einem Zustand äußerster Kaltblütigkeit, seit die drei Worte gefallen sind.

Ira versucht ein paar Schritte, fort aus seiner ständigen Gegenwart. Und endlich schießt die Verwirrung wie ein rauschender Wasserfall hervor, die Verwirrung der Gefühle, und füllt die absolute Leere in ihrem Kopf.

Hilflos läuft sie auf einer kleinen Verkehrsinsel im Kreis. Um ihre Silhouette irrlichtern die Scheinwerfer der Autos, und es dauert lange, bis sie die Kreise weniger hastig zieht.

Endlich kehrt Ira mit einem Entschluß hinter dem bleichen Gesicht zurück: Zum allerletzten Mal soll er sie bis an den Abgrund der eigenen Person gebracht haben.

Der Tänzer hat sich ergeben hingesetzt und mit dem Rücken an eine Laterne gelehnt. Er hat sich dem Wissen ergeben, daß nach den drei magischen Worten nichts mehr von ihm abhängt, daß nach dem ‚Ich liebe dich' alles nutzlos geworden ist, nichts stärker hätte beschwören können. Er hat seine fast demütige Stellung nicht verändert, tut es auch dann nicht, als Ira vor ihm steht und mit kurzem, über seine Gestalt flatternden Blick sagt: – Ich will fort aus der Stadt. Schon bald. Wir sollten uns nicht mehr sehen. Du verstehst das schon. Irgendwie können wir wohl nicht miteinander.

Warum geht sie dann nicht? Was erwartet sie noch? Doch warum sagt er kein Wort, der sonst mit den Worten nicht so Sparsame? Warum läßt sein sonst so verschwenderischer Körper mit keiner Geste sein Gefühl erkennen?

Für einen winzigen Augenblick forscht der Tänzer noch ein letztes Mal hinter Iras Augen, eine Art Abschiedsgruß. Und da ist etwas aufgeflackert, ist kurz ein Stern ins Glühen gekommen. Beinahe.

Dann hat sie sich zusammengerissen. Wieder hat der Tänzer sie nicht festhalten können. Nichts an ihr ist zum Festhalten gewesen. Er saß da und blieb sitzen. Und sie stand immer noch.

– Warum sagst du nichts? hat sie gefragt.

– Ich denke, du hast alles gesagt. Du wirst schon recht haben, hat er erwidert.

– Gut, hat sie gesagt.

Nicht mehr. Immer noch hat der Tänzer auf dem feuchten Asphalt gesessen, und beinahe hätte Ira sich zu einem letzten Kuß heruntergebeugt – wieder nur beinahe. Dann hat sie sich vom Bild des Tänzers losgerissen, und ihre Kontur hat sich unter das milchige Weiß der Laternen gemischt und darin verloren. Der Tänzer aber hat gesessen und auf das Morgengrauen gewartet, bis das Licht in der Laterne über ihm erloschen ist.

Manche sagen, er habe noch Wochen dort gesessen, und erst ganz allmählich, als jeder, der ihn kannte, schon die Hoffnung aufgab und alle dachten, er würde nie mehr zur Bewegung zurückkehren, da sollen sich angeblich seine Glieder gestreckt haben, erst vorsichtig und zitternd, dann schon geübter und weniger steif – und bald darauf sei er schon wieder durch die Alleen und über die Boulevards der Neonstadt getanzt und habe sich ohne Gram an die Zeit mit dem Zorn erinnert.

Nie hat er versucht, sie wiederzufinden.

9. Szene:

Nachklang – Ira

Ein warnender Schrei ertönte. Alle Tauben auf dem Pflaster des Bahnhofsplatzes erhoben sich in kreisendem Schwung, einem einzigen Vogel gleich, und schraubten sich über die Dächer.

Ira rechnete mit dem Geld und mit der Zeit, fragte sich, wie lange beides reichen würde und wohin die Fahrt gehen sollte. Auch sie wollte die Flügel ausbreiten, ohne langes Proben diesmal und fast überstürzt. Lief sie vor etwas fort? Sie wollte, mußte verneinen, doch glaubte sie selbst nicht ganz daran.

An diesem trüben Morgen bot die fast menschenleere Bahnhofshalle für ihren Abschied die passende Kulisse. Der Mann am Schalter, der ihr die Fahrkarte verkaufte, forschte in ihrem Gesicht nach einem Gefühl. Das war sie seit langem gewohnt und liebte es immer noch nicht. Trotzdem entrang sich ihrem Mund ein ‚Danke'. Und nicht nur das, sie lächelte gar andeutungsweise und fand ein freundliches Echo.

Einen schmerzlosen Abschied wollte sie. Doch war die Ordnung, die sie von der gewaltsamen Trennung erhofft hatte, noch nicht zurückgekehrt. Lief sie denn fort? Immer wieder diese Frage im Kopf! Und wenn – war es dann besser, in der Stadt zu bleiben? Zu einem Spiel gehörte doch, daß man sich an die Regeln hält und nicht in jeder Stunde neue erfindet, neue erfinden muß, weil der Partner sich nicht an das einmal vereinbarte System hält. Also konnte sie nicht bleiben.

Sie wandte sich von dem Schalter ab, und ihre Augen suchten die Höhe der Bahnhofshalle. Ihre Phantasie versetzte sie in des Tänzers Zaubergarten, in einen Morgen, an dem sie für Minuten Glück empfunden hatte. Doch die Bilder waren nicht zu halten – die Schritte von Frühaufstehern hallten von den Wänden. Und sie fand sich vor dem Schalter wieder, in Kälte und einem leeren Raum. Sie umschlang den eigenen Körper mit den Armen, ihr Kopf sank in den Nacken.

Doch schnell wurde ihr die Peinlichkeit dieser Geste der Selbstaufgabe bewußt; zögernd fingen ihre Augen die Realität ein. Endlich durchquerte sie die Halle mit unsicheren, auf das Echo wartenden Schritten.

Ira hatte sich ihre Abreise anders vorgestellt: freudiger und nicht als hastige Flucht vor dem Zugriff eines Menschen. Daß ausgerechnet ihr das passieren mußte! Also wieder ein Neubeginn, alles von vorn, eine neue Neonstadt, wieder schreiende Vorarbeiter, der Rhythmus der Maschinen, aufdringliche Kollegen, wispernde Stimmen und Getuschel hinter ihrem Rücken. Ein Zimmer mit vier nackten Wänden. Aber sicher, ganz sicher, kein Tänzer mehr, der das Grau des Morgens in leuchtenden Farben ausmalte. Kein Ton mehr, keine Geschichten in anderen Menschen.

Ira half sich mit einer Zigarette. Rauchte hastig, als hoffte sie, am Ende der Glut eine Lösung zu finden. Langsam schlenderte sie durch den gekachelten Schlauch am Ende der Halle ihrem Bahnsteig entgegen. Eine Stunde noch. Sie suchte ihre Kraft, die Stärke, die sie bisher, vor den zwei Tagen mit dem Tänzer, am Leben erhalten hatte. Trotzig kickte sie eine leere Dose aus dem Weg und freute sich jungenhaft am Scheppern des Metalls. Hätte er sie doch beinahe an das Ende gebracht.

Sie konnten nicht miteinander leben. Die wenigen Stunden in noch wenigeren Tagen hatten es gezeigt: Was er erst Liebe hätte nennen können, bedeutete für sie schon Gefangennahme. Ohne die Möglichkeit, das Durcheinander zu ordnen, irrte er hilflos im Puzzle des geliebten Ichs umher, quälte sich lange und scheiterte schließlich. Erst während des Ordnens entstünden für ihn die drei Worte, die über das Interesse hinausführten: diese Möglichkeit zum ‚Ich liebe dich‘.

Doch wer sie einsperrte, einzuordnen versuchte, der mußte darauf gefaßt sein, daß sie immer wieder das Kartenhaus umblies. Es war ihr gleich, wenn sie dabei verletzte. Überschaubar, berechenbar, durfte sie nicht sein. Kein Blick durfte sie in dem Maße verwirren, keine Geste in dem Maße bezaubern, daß sie den Ansprüchen des anderen erlag und sich willig berechnen ließ. Ein Ausbruch mußte jederzeit möglich sein. Das Gefühl für den anderen durfte sie nicht über das Erträgliche hinaus binden. Lieben durfte sie nur – und hätte sich ihrer Zuneigung auch sicher sein können –, wer die winzige Bedingung erfüllte, sie nicht als Produkt von Vergangenem und Zukünftigem zu begreifen, sondern als Augenblick. Denn sie wollte einzig als Gegenwart begriffen werden.

Wenn der andere nicht mehr nach ihr suchte, erst dann erlaubte sie Liebe. ‚Ich liebe dich', das hieß, ihr jederzeit die Möglichkeit zur Trennung zu lassen. Dann brauchte der andere ihre Utopie, die Hoffnung, irgendwann einmal irgendwohin, also einfach fortzukommen, nicht zu teilen.

Vielleicht konnte man sie auf diese Art und Weise gar über den Augenblick hinaus halten – vielleicht ein Jahr oder zwei. Oder für immer? Ihr das Gefühl geben, daß sie immer, zu jedem beliebigen Zeitpunkt, den eigenen Weg über das gemeinsame Ziel stellen konnte.

Doch der Tänzer hätte ihr nicht einmal den Traum vom Fortgehen erlaubt. Er besaß ja seine andere Welt und war leidenschaftlich entschlossen gewesen, diese zu teilen.

Über ihrem Kopf fuhr dröhnend ein Zug in den Bahnhof ein. Ira stieg zögernd, Stufe um Stufe, zum Bahnsteig hinauf. Ersten Frost im Gefolge, wehte ein scharfer Wind über die Gleise, fing sich wimmernd in den Ecken und Winkeln und in den Schächten der aus dem Untergrund aufsteigenden Treppen.

Sie zog die Jacke enger um den Körper, suchte Wärme und setzte sich dann auf eine Bank, die verloren und einsam auf dem Bahnsteig stand. Ihre Schulterblätter drängten dem Kopf entgegen, wie um die Körperfläche zu verringern und der Kälte eine geringere Angriffsmöglichkeit zu bieten.

Eine Stunde noch.

Mehr und mehr Menschen belebten bald die langgestreckten Inseln zwischen den Gleisen, auch Paare, die schon jetzt den bevorstehenden Abschied betrauerten. Endlose Ermahnungen drückten Kinderköpfe nieder. Taschentücher wurden hervorgeholt. Gesichter, ängstlich oder freudig, erwarteten den Abschied – erwarteten eine Reise, das Unbekannte, ein Abenteuer. Dabei reisten sie doch alle der eigenen Vergangenheit entgegen, entfernten sich nur scheinbar von der Gegenwart, dem Vorwärts des Zuges zum Trotz. Ira fand sie alle lächerlich in ihrer Angst und ihrer Hoffnung. Diese angedeuteten Geschichten, die Wirklichkeit als Skizzenblock – das war nicht ihre Welt.

War das jetzt die Bankrotterklärung ihrer Person? Nicht leben können mit ihm, aber ihn immer durch den Kopf tanzen spüren. Entbehrte sie seiner Hilfe zum Vergessen? Hatte er es ihr unmöglich gemacht, ihre Existenz weiterzuführen? Sollte sie nicht an sich selbst, sondern an einem anderen Menschen gescheitert sein?

Ira dachte nicht weiter. Auch wollte sie die Skizzen vom Menschsein nicht mehr sehen, die heiteren und traurigen Gesichter in den Abteilfenstern, verschloß für einen kurzen Moment sogar die Augen. Hielt sich die Ohren zu aus Angst vor den Stimmen. Sie wollte nur an der eigenen Geschichte schreiben. Das Interesse an den Geschichten der anderen ließ sie ihm, dem Tänzer.

Endlich keine Spießerluft mehr riechen, keine verlogenen Ehemänner mehr vor sich sehen, die Angebote in den Augen und das heilige Sakrament der Ehe auf der Zunge führten. Ausreden, Ausflüchte, nur um sich selbst nicht im Spiegel sehen zu müssen. All die Lügen, sobald nur zwei Exemplare der menschlichen Gattung sich trafen.

Daß sie kälter als der Winter sei, hatte man ihr schon oft gesagt. Meistens waren das Männer gewesen. Sie hatte ihnen kaum einen Blick gegönnt.

Den Tänzer hatte sie zu spät getroffen. Sie ignorierte die Welt nicht seit dem Anfang, bestand erst seit einiger Zeit auf dem Grundsatz, daß sie weder hassen noch lieben dürfe. In die Gleichgültigkeit hatte sie sich verliebt, seit sie begriffen hatte, daß ihre Forderungen an die Welt und deren Bewohner unerfüllt bleiben würden. Unabhängigkeit, keine Erwartungen, keine Rollen, keinen goldenen Käfig, ganz banale Freiheit und die Möglichkeit, ehrlich zu bleiben – das verlangte sie. Offensichtlich war das zuviel.

Daß der Tänzer vielleicht nicht zu spät hätte kommen können, vielleicht immer gescheitert wäre, war nicht mehr wichtig. Kein Wenn und Aber mehr.

Ira kehrte zum eigenen Ich zurück. Sie tat, was sie wollte, wollen konnte. Sie mochte keine Fäden an den Gelenken spüren – nur dem eigenen Kopf verantwortlich sein. Das war ihr Ansatz für das Leben, niemandes anderen Ansatz. Sie erhob keinen Anspruch auf Allgemeingültigkeit. Sie hatte vor dem Tänzer gelebt, sie würde auch nach ihm leben.

Doch immer noch wartete im Kopf eine unbeantwortete Frage auf sie: Wollte sie wirklich fort? Ihm zuliebe würde sie nicht in die alte Stadt zurückkehren – also wollte sie auch nicht allein seinetwegen fortgehen. Doch, das ließ sich nicht leugnen: Sie ging wegen ihm, und es war richtig so. Wegen seines Lachens, wegen ihres Gefühls bei einem Blick in seine stets offen zutage liegende Seele. Sie würden sich gegenseitig am Leben hindern – was sie Miteinander nannte, war für ihn nur Durcheinander. Denn nur für Stunden waren die Spielregeln für beide gültig gewesen.

Der Tänzer mußte zu einer der wenigen schönen Erinnerungen werden. Zum schon vor Stunden gesprochenen letzten Wort gesellte sich nun der letzte Gedanke.

Ira begriff nicht, warum sie jäh auf unsicheren Beinen stand. Sie hielt sich mit den Augen an einem ausfahrenden Zug fest. Als der letzte Wagen vorbeigehuscht war, fiel ihr Blick auf eine gekachelte Wand, schmutzig und leer bis auf einen einsamen Cowboy, der auf einem schönen Pferd saß, eine Zigarette rauchte und in die blutrote, sinkende Sonne hineinritt. ‚Go to west' stand darunter, und über dem Plakat war dann nur noch die Mauer der Bahnhofshalle und noch weiter oben eine schmutzige Glaskuppel.

Das Schwarz sammelte sich in Iras Augen: Sie stand nun wieder zu sich. Ein Stern glühte auf, sie hätte es Glück genannt; niemand hinderte sie zu gehen. Sie kehrte dem Cowboy den Rücken, die Verspannung der Muskeln wich, sie spürte gar wieder Geschmeidigkeit. Ohne Mühe behielt ihr Gesicht den Ausdruck der Gleichgültigkeit. Sie wußte, ihre Zähne lagen nun wieder locker aufeinander, die Kiefer waren nicht mehr, wie noch beim Betreten der Bahnhofshalle, fest zusammengepreßt. Ihren Lippen hätte man sogar ein Lächeln zugetraut. Nur über den steil aufsteigenden, schmalen Wangen drohten die Augen, diese Teer-Pech-schwärzer-als-schottische-Seen-Augen unter den kurzen Haaren, ebenso schwarz wie die Augen. Sie faszinierte und schreckte in gleichem Maße; war wie der Wind ein Bote des Winters.

Durch die Treppenaufgänge trug dieser immer stärker werdende Winterwind Fetzen einer Musik über den Bahnsteig, und daraus wuchs schließlich, als die Töne endlich lauter wurden, eine kleine Melodie. Dann tauchte der Kopf eines jungen Mannes auf, gleich darauf sein von Stufe zu Stufe hüpfender Körper. Zwischen den Lippen hielt er eine kleine Flöte. Sein erster Blick fiel in Iras Augen.

Die Melodie brach ab.

– Ihr habt da ein phantastisches Schwarz im Blick, verehrte Dame, sagte er.

Wenn er auf ein freundliches Echo gehofft hatte, so wurde er enttäuscht. Trotzdem folgte Ira die Melodie in den Zug und war immer noch da, als der Bahnhof längst hinter ihr lag.

Reinhard Krott wurde am 26. Juni 1961 in Brand, jetzt Aachen, geboren, war nicht verheiratet, hatte keine Kinder und begann in Aachen zu leben (und zu studieren), setzte das in Münster (in Westfalen) fort und lebte und studierte in Köln. „Wintertanz" ist seine erste Arbeit.

Nur wenige Tage, nachdem er die Korrekturen für dieses Buch gelesen hatte, kam Reinhard Krott am 12. September 1986 auf tragische Weise durch einen Unfall ums Leben.

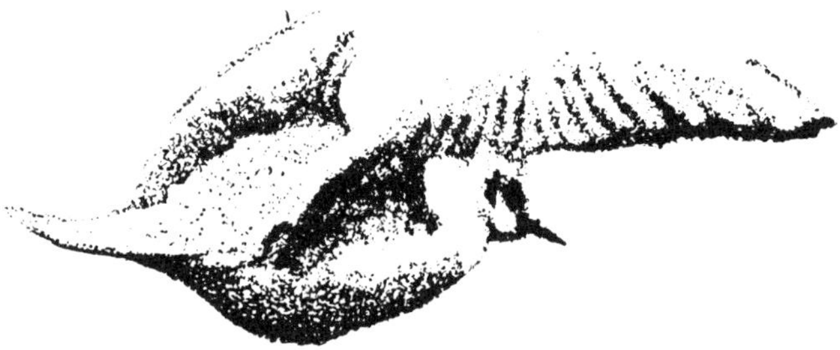

Ein Buch,
das ich nicht scheue
an die Seite von
„Der kleine Prinz",
„Momo" und
„Die Möwe Jonathan"
zu stellen.

(Achim Wannicke, Lehrbeauftragter
für Soziologie an der FU Berlin,
in der Zeitschrift „zitty")

Ein brutal ehrliches Buch über eine mystische Begegnung, eine Befreiung und die Entdeckung innerer Wahrheit. Ein beinahe therapeutischer Anstoß zum Ausweg aus dem Sumpf! Ein Buch, das seine Leser herausfordert!

104 Seiten DM 12,--